À ceux qui se rencontrent par hasard
et qui s'aiment au premier regard

I

> « *Quiconque doit aimer aime*
> *au premier regard.* »
>
> William SHAKESPEARE,
> *Comme il vous plaira.*

Au coucher du soleil, un petit nuage rose surplombant le clocher en pointe de Saint-Eutrope avait averti les Saintais qu'il ferait beau le lendemain. Effectivement, ce samedi matin, le ciel est sans un nuage et, comme on est déjà en novembre, il fait frisquet et même froid. Mona, qui s'apprête à se rendre au marché sur la place Saint-Pierre si bien fourni en produits frais, poissons, légumes, fromages, se dit qu'elle devrait enfiler une tenue chaude. Sa doudoune capitonnée fera l'affaire. Mais avec quoi protéger son cou ? Elle n'a pris que des foulards légers et un picotement dans sa gorge l'avertit qu'il lui faut plus. Fourrageant dans la grosse armoire de l'entrée, celle à pointes, elle aperçoit le bout d'une de ces écharpes dites Burberry du fait qu'elles sont imprimées du fameux motif écossais, beige à petits carreaux, devenu si répandu qu'il en est mondial. Une sorte de lieu commun vestimentaire.

Heureuse de sa découverte, Mona a toutefois le sourire triste quand elle l'extirpe de son recoin : la première fois qu'elle avait vu cette écharpe, c'était autour du cou de son père, maintenant décédé. Puis Max, son mari, lors de leur dernier séjour ici, l'a portée. Par jeu, avec sa désinvolture coutumière, en lançant : « Ce que ça fait plouc, ce Burberry ! Bah, on est en province, n'est-ce pas ? Autant que je m'adapte… »

Max n'aime pas l'endroit : pas plus la vieille maison sise dans le vieux quartier de Saintes, que Mona vient d'hériter de son père, que la région, ses habitants, leur façon de vivre au ralenti. En fait, son mari, Parisien pur jus, se sent mal ailleurs qu'en ville. Aucune pollution, ni automobile, ni aérienne, ni intellectuelle, ne peut le dégoûter de son cher quartier de Saint-Germain-des-Prés.

Ni de son Vétiver, se dit Mona qui renifle l'écharpe Burberry en se la passant autour du cou. C'est étonnant comme Max trouve le moyen de laisser sa trace partout : par ses mots toujours tranchants, ses jugements secs, ses plaisanteries mordantes, et jusque par son parfum… Malgré elle, Mona est imbibée, imprégnée de Max.

En claudiquant sur les pavés de la rue Georges-Clemenceau – elle devrait savoir qu'ici les talons pointus ne sont pas de mise –, Mona fait mentalement la liste de ce qu'elle désire acheter.

Ayant passé à son bras l'anse du vieux panier d'osier tressé qu'utilisait autrefois la bonne de son vieux père, elle se sent comme revenue à l'époque où une habitude demeurait jusqu'à la fin des temps. Personne ici n'avait vraiment envie d'en changer, et le rituel quotidien, dans ses détails comme dans ses grandes lignes, constituait la charpente d'un certain bonheur de vivre. Ou faut-il dire d'une douceur ?

Ce matin, sous les grands platanes aux feuilles roussies qui abritent les nombreux étals tenus par des commerçants et des ruraux, Mona se sent satisfaite d'être là. Elle s'arrête à l'un des premiers éventaires, derrière lequel se tient une femme emmitouflée, un bonnet de laine tricotée sur la tête, à ses mains des mitaines d'où sortent des doigts rougis. Devant elle, quelques carottes avec leurs longues fanes, des pommes de terre terreuses, de l'échalote grise, des têtes d'ail, des pommes clochards tavelées et, surprise, des sarments de vigne en bottes…

Mona prend un peu de chacun des produits proposés que l'agricultrice pèse au fur et à mesure sur une balance à poids, plus un bouquet de roses tardives, de celles qui ont une grosse tige et de redoutables épines. Elle s'adjuge aussi trois bottes de sarments. « Je viendrai les prendre tout à l'heure », dit-elle à la femme qui lui demande si peu d'argent, pour tous ces trésors, que Mona se trouve gênée. Mais elle a appris, pour l'avoir expérimenté, qu'il est malvenu, au marché, de payer plus que le prix fixé, ou même d'abandonner sa petite monnaie. Chacun ici calcule comme il lui semble et n'entend pas être traité par les clients en traîne-misère ou en assisté. Il n'y a que dans les établissements qui vous réclament des sommes folles, au moment de l'addition, qu'on peut et même se doit de donner des pourboires extravagants. Afin de paraître à la hauteur !

Ici, pour honorer ces travailleurs de la terre, les clients n'ont qu'à se comporter en gens conscients de la qualité de ce qu'on leur propose plutôt que de chercher à faire l'aumône. Respect mutuel, comme du temps de son père. Le marché Saint-Pierre n'a pas changé depuis le siècle dernier, Mona l'a vu reproduit sur de vieux livres trouvés dans la bibliothèque de la maison : mêmes jours, mêmes horaires, mêmes coutumes. Seule différence : il y a désormais des étals réfrigérés pour les produits fragiles, tels poissons, charcuterie ou fromages.

Mona voudrait partager le sentiment de paix que lui apporte une telle persistance, dans un monde où tout disparaît et se transforme dès qu'on a tourné le dos, mais avec qui ? Bien sûr, elle peut appeler Max sur son portable, mais il ne comprendrait pas. Il lui demanderait pourquoi elle perd son temps à faire le marché plutôt que de régler les problèmes notariaux qui vont permettre de mettre la vieille maison en vente. Elle n'a pas l'intention d'y habiter, n'est-ce pas, d'aller moisir en province ? Lui encore moins. Alors, à quoi bon conserver ce vestige d'autant qu'avec le prix de vente ils pourront s'installer mieux à Paris, et même changer leur appartement pour un plus grand.

Mona s'est laissé convaincre, elle a pris rendez-vous avec les agences du lieu et avec le notaire de son père. Mais alors qu'elle est en train de s'approvisionner en fromages de chèvre qui respirent encore l'herbe et le plein air, elle se sent submergée par la nostalgie. Ce serait bon de vivre dans ce cadre qui, pour être simple, n'en représente pas moins un luxe ! Tiens, pourquoi l'odeur de vétiver qui émane de l'écharpe l'écœure-t-elle soudain ? C'est qu'elle s'est emparée d'un bouquet de persil frais, d'un autre de thym, elle a aussi pris du basilic et enfourné le tout dans son panier avec le poulet qu'elle compte faire rôtir entouré de grenettes, ces petites pommes de terre qu'on mange avec leur peau.

Le panier est devenu bien lourd lorsqu'elle repasse devant la vendeuse de sarments : il est évident qu'elle ne peut pas emporter les trois fagots avec le reste.

— Je vais revenir, dit-elle à la marchande, je n'habite pas loin…

— Si vous me donnez votre adresse, propose l'agricultrice, je vous les ferai livrer tout à l'heure par quelqu'un.

— Avec plaisir !

Que ce sera bon, ce soir, d'allumer une flambée dans la cheminée du salon tout en dégustant un petit verre de pineau et en regardant les actualités – qui, d'ici, semblent si lointaines – sur la vieille télévision dont son père était si fier : un cadeau de son administration lorsqu'il a pris sa retraite !

À propos, n'est-ce pas une vie de retraitée qu'elle a menée ce matin et s'apprête à savourer ce soir ? Un peu tôt peut-être... Elle n'en soufflera mot à Max, il se rirait d'elle avec son ironie coutumière.

II

Déposer les fromages dans le bac du réfrigérateur, laver les pommes de terre, allumer le four, y introduire le poulet dans un plat en terre huilé, ne demandent que quelques minutes à Mona. D'habitude, faire la cuisine l'ennuie, mais s'activer dans cette pièce au dallage ancien ouvrant sur le jardinet par deux fenêtres ceintes de vigne vierge et une porte à petits carreaux lui fait éprouver un sentiment qui la surprend. Celui d'être à son aise dans un rôle qui lui convient... Y aurait-il, enfouie en elle, une ménagère qui s'ignore ? Ou sont-ce ces plats un peu ébréchés, ces instruments légèrement cabossés, cette antique cuisinière à gaz qui lui communiquent quelque chose de la sollicitude de ceux qui s'en sont tant servis avant elle ?

Sur le seuil de la porte qu'elle a laissée entrouverte pour que s'échappent les vapeurs de la cuisson, un geai, une mésange, puis un minuscule oiseau qu'elle n'identifie pas viennent piéter. Comme s'ils attendaient quelques miettes ou voulaient tout simplement la saluer. Sont-ils satisfaits de voir que la vieille maison, longtemps fermée, se ranime ?

Une sonnerie à la porte d'entrée la fait sursauter. Ce doit être le livreur de sarments ! À travers le fer forgé du haut de la porte, elle entrevoit une silhouette masculine, casquette sur la tête. Quand elle ouvre, un homme est là, tout sourires, les trois fagots sur les bras.

— Bonjour madame, ce sont vos sarments. Séverine ne trouvait personne pour vous les apporter, et comme je passais devant chez vous en voiture et que je la connais bien, elle est ma voisine, du côté d'Écurat, je lui ai proposé de m'en charger. Les voici !

À écouter son interlocuteur, Mona prend conscience qu'il ne s'agit pas d'un paysan ni d'un garçon de course, mais de quelqu'un « de son milieu », quoique l'exprimer ainsi puisse paraître prétentieux. Comme, toute à ses réflexions, elle ne réagit pas, l'homme ajoute :

— Où voulez-vous que je les dépose ?

— Oh, pardon, donnez-les-moi… dit Mona en tendant les bras.

— Vous allez vous salir. Puis-je entrer ? Je vais mettre le tout dans votre souillarde… ou près de la cheminée, peut-être ?

— Bonne idée, c'est tout droit.

Elle s'en veut d'avoir paru barrer le passage à cet aimable inconnu et ne sait comment s'excuser. Les deux euros qu'elle avait déposés sur la table de l'entrée pour le livreur ne sont évidemment pas de mise… Que peut-elle faire ? Lui offrir un verre ?

L'homme s'est débarrassé des fagots dans la hotte destinée au petit bois, près du foyer. Les mains libérées, il fait du regard le tour de la pièce et s'arrête sur les gravures accrochées aux quatre murs.

— Ce sont les vieilles vues de Saintes, avec l'arc de Germanicus encore sur l'ancien pont… Vous avez de la chance, elles deviennent rares. Celles-ci sont encadrées à l'ancienne, comme il convient, je parie que vous avez eu affaire à l'encadreur de la rue Saint-Michel.

— Je n'en sais rien, bafouille Mona ; elles me viennent de mon père, comme tout l'ameublement d'ailleurs. Lui-même les avait héritées de son propre père, et maintenant…

Elle ne sait comment achever : va-t-elle lui dire qu'elle va vendre ? À voir le coup d'œil charmé qu'il jette sur son environnement, elle se dit qu'elle risque de lui paraître une sorte de monstre, de vandale – une personne ingrate, en tout cas, qui n'a pas le respect de la tradition. Ni de la famille.

Elle se contente de murmurer :

— Je suis très peu venue ici, mon père était remarié et je ne m'entendais pas avec ma belle-mère. J'ai sûrement beaucoup à apprendre…

Mais sera-t-elle encore là dans les jours à venir ? Mona se retient de parler de son départ de crainte de peiner son visiteur.

Si elle est si hésitante, et même maladroite, c'est qu'elle se sent troublée par la présence de cet homme dont elle ignore le nom. Que lui arrive-t-il ?

Soudain, elle comprend : il s'agit d'un détail, mais pas n'importe lequel ; c'est comme un signe de reconnaissance, de ralliement, qui la touche, l'émeut, même : cet homme a autour du cou l'écharpe Burberry. Semblable à celle qu'elle-même portait tout à l'heure au marché.

L'écharpe de son père.

III

Ce soir, à Paris, le temps est à ravir : ciel bleuté, soleil oblique qui illumine les rouges de l'automne. Enfin, ce qu'il en reste : les feuilles des marronniers de l'avenue Montaigne sont comme passées au four et le feuillage des plantes en pots des restaurateurs, de même que celui des buissons et arbustes du rond-point de la place de l'Alma, est recouvert d'une fine couche de poussière grise. Quant au lierre qui grimpe le long des grilles, il tord ses branches comme dans un appel à l'aide, et n'a plus d'odeur.

C'est Paris après l'été, se dit Mona, il est usé.

Elle est assise à la terrasse de Chez Francis où elle attend Max, qui lui a donné rendez-vous pour l'emmener au petit Théâtre des Champs-Élysées tout proche où se joue une pièce à trois personnages. Un peu en avance, elle s'est fait servir un jus de fruit – atone, si l'on peut dire cela d'une boisson – et, pour se redonner du peps, elle demande une coupe de champagne. Son vin favori, à cause des bulles et surtout des souvenirs de fête qui y sont attachés.

Son portable sonne. Après une fébrile recherche, elle l'extrait juste à temps de la poche extérieure de son sac qui en comporte trop. C'est Cécile, la secrétaire de son mari. De cette voix mélodieuse et feutrée qui la rend si agréable à ceux qui appellent au bureau, elle informe Mona que Max sera un peu en retard. Il l'a priée de la prévenir, mais qu'elle ne s'en fasse pas, il arrivera à temps pour le spectacle.

— Les levers de rideau ne sont jamais à l'heure, à Paris, ajoute Cécile de son cru. Se déplacer devient difficile et les théâtres en tiennent compte.

Pourquoi Mona se sent-elle agacée lorsqu'elle raccroche après avoir remercié Cécile ? En fait, trop d'amabilité dans les rapports protocolaires – ceux qu'elle entretient avec la secrétaire de son mari – a le don de lui déplaire. Cela vaut quand même mieux que de se faire envoyer sur les roses, se dit-elle pour se calmer. Avant Cécile, Max utilisait les services d'une personne âgée qui faisait barrage à tout comme un dragon, et il a préféré la remplacer par une jeunesse : « Les juniors ont moins de bleus à l'âme et au corps, ce qui rend leur disposition plus aimable », avait-il dit pour justifier son choix.

Pour s'occuper, Mona observe l'incessant passage des piétons qui sortent du métro, y rentrent, descendent des taxis, en guettent à la station, garent leur voiture en catastrophe pour acquérir un journal du soir, sans compter le va-et-vient des autobus avec leurs voyageurs serrés – quand ils ne sont pas debout ! –, tassés comme des sardines.

« Pressés, c'est le mot ! » se dit Mona. Tout le monde court, les plus jeunes à toutes jambes ou alors se faufilent en rollers, les autres traçant leur chemin comme des locomotives sur leurs rails : pas question pour eux de s'effacer devant quelqu'un, fût-ce une personne âgée. Il n'y a que les landaus propulsés comme des béliers qui parviennent à faire s'écarter les passants : poussez-vous ou je vous défonce !

« Défoncés, c'est à croire qu'ils le sont tous, à voir leurs têtes », soupire Mona qui déguste sa boisson par petites gorgées. Personne ici ne sourit, nul n'a l'air conscient de l'existence des autres, chacun vit dans... Mais dans quoi ? Son rêve ? Plutôt dans son cauchemar... Saisis par la hâte d'être ailleurs, enfin rentrés dans leur appartement petit ou grand. Reste que, avant d'y parvenir, pour beaucoup d'entre eux il faut passer par la gare, sauter dans un train de banlieue bondé, puis s'affairer aux courses de dernière minute à l'hypermarché du coin...

Mona se morigène : « Qu'est-ce que j'ai à tout voir en noir... Si ces gens sont repliés sur eux-mêmes, c'est pour se protéger, conserver leur énergie, mais ils adorent vivre ici, dans la foule, le bruit, l'excitation... Ce mouvement perpétuel les grise... Comme moi mon champagne ! »

Est-ce à cause du bien-être que lui procure son pétillant breuvage ? La jeune femme a subitement la vision d'un grand pré vert, un pâturage cerné de bois touffus sur lequel galopent, cabriolent plusieurs chevaux de robes différentes, avec un chien qui leur tourne autour et quelqu'un qui leur apporte du fourrage exhalant une bonne odeur de foin... C'est l'heure où les oiseaux donnent leur dernier concert tandis qu'au loin un cerf ou un chevreuil brame.

— Ma chérie, excuse-moi, la circulation est impossible...

Max est devant elle, *Le Monde* sous le bras, élégant comme toujours, brillant d'énergie. Il se penche, l'embrasse sur la bouche. Mona se sent réconfortée par le dynamisme qui émane de lui :

— Enfin, tu es là, mon ange ! En t'attendant tout me paraissait si morne... Tu veux prendre quelque chose ?

— Non, il est tard, je paie et on s'en va, répond Max en saisissant sans s'asseoir la coupe de champagne de sa femme pour en aspirer la dernière gorgée.

D'un bond Mona est debout à ses côtés. Un peu grise, elle se suspend avec allégresse au bras de son mari. Et ils partent d'un même pas.

IV

Comme à son habitude, Max a bien fait les choses – ou est-ce Cécile, mandatée par ses soins ? – et ils se retrouvent assis à d'excellentes places : celles au centre du quatrième rang. Arrivés parmi les derniers, ils ont contraint à se lever quelques personnes, lesquelles, loin de rechigner, se sont exécutées en souriant. « Les théâtres seraient-ils parmi les derniers lieux où règne encore la courtoisie ? » se demande Mona.

La plupart des femmes arborent des couleurs vives, de voyants bijoux fantaisie ; quelques colliers plus discrets sont en perles véritables et les chevelures viennent manifestement de subir la main du coiffeur. Mona s'est contentée d'une mise en plis faite maison, des vagues souples, soyeuses, qui lui frôlent les épaules. Elle porte un tailleur de shantung beige sur lequel elle a drapé un grand châle en pashmina orangé, couleur qui sied à ce qu'elle est : une brune au teint mat. Aux oreilles, les deux pendants ornés de petites émeraudes qui lui viennent de la mère de Max. Un coup d'œil dans la grande glace à l'entrée du théâtre lui a appris qu'elle était en beauté – ce que le regard de Max, lorsqu'ils attendaient à la caisse qu'on leur remette leurs places louées par téléphone, a achevé de lui confirmer.

Elle est l'incarnation de la vraie Parisienne, habillée

juste assez, pas trop, comme il convient pour un spectacle public, avec ce petit *plus* que représentent ses précieuses boucles d'oreilles. Certes, on peut les prendre pour des bijoux fantaisie, mais savoir que les siennes sont vraies renforce secrètement son assurance.

L'heure est dépassée quand un bourdonnement croissant révèle que le public est impatient de voir se lever le rideau.

Il s'ouvre après les trois coups rituels frappés par le brigadier. Aussitôt, les applaudissements éclatent à la seule vue du décor. Alors, Mona s'interroge : qu'y a-t-il d'exceptionnel à cette espèce de sous-sol proche du taudis ? Meubles en planches, bat-flanc recouvert de couvertures douteuses, soupiraux grillagés en haut des murs, ici et là des bouteilles plus ou moins vides – avec, c'est le *hic*, l'insolite d'une grande télévision manifestement neuve.

Un personnage est recroquevillé sur le bat-flanc, il semble dormir, d'ailleurs il ronfle. Soudain, on frappe violemment à la porte et, lorsque l'homme bondit pour répondre à l'appel, on découvre qu'il est d'un certain âge, ses cheveux gris sont trop longs, il porte un chapeau cabossé sur le haut du crâne.

Jusque-là, rien de bien émouvant ni d'appétissant. La seconde apparition est plus plaisante : une jeune femme en jean moulant, son T-shirt coupé au-dessus du nombril, les cheveux roux en mèches, se jette au centre de la scène et commence à interpeller celui qui a tout du pochard.

Sans conviction, Mona tend l'oreille pour comprendre de quoi il retourne. L'homme âgé est un chômeur qui pense avoir choisi la liberté du fait qu'il mène une existence de SDF dans cette cave désaffectée. La jeune femme est sa fille et a entrepris de lui faire la morale : il doit rentrer au foyer, où sa femme l'attend, accepter des petits boulots avant de retrouver un emploi digne de lui. Une discussion s'ensuit sur la nature de la liberté à notre époque et de ce que Rimbaud appelait « la vraie vie »… Survient un troisième personnage, un jeune homme assez beau, ma foi, qui tient une guitare à la main et proclame que rien ne vaut la vie d'artiste, quitte à faire la manche dans le métro…

Mona jette un coup d'œil du côté de Max, lequel a l'air d'apprécier. Certaines répliques le font sourire et la salle, pour son compte, retient son souffle. Mona ouvre discrètement le programme qu'elle avait posé sur ses genoux et tente d'y lire quelques renseignements. La pièce est d'un jeune auteur dont on dit grand bien, il aurait obtenu le Goncourt des lycéens il y a quelque temps. Quant aux acteurs, il lui semble connaître leurs noms, mais elle ne se souvient pas de les avoir vus jouer ailleurs. Il faut dire qu'elle n'est pas vraiment une « fan » de théâtre : elle préfère le cinéma. Reste qu'une telle sortie, à Paris, est considérée comme une festivité, une rare occasion de se divertir, réservée à un public cultivé. Autant qu'elle la savoure…

V

Quand Mona se réveille, Max, sans doute levé tôt, est déjà parti. « Où trouve-t-il cette énergie ? » se demande-t-elle. En ce qui la concerne, elle a dû prolonger son sommeil. C'est qu'ils se sont couchés tard : après la fin de la pièce, Max lui a proposé d'aller prendre une salade composée et un verre de vin rouge au bar du Théâtre, lequel a l'avantage de rester ouvert tard dans la nuit. Ils n'ont guère commenté la pièce, car Max a très bien perçu que Mona ne s'était pas amusée, qu'elle avait même désapprouvé cette sorte de pamphlet sur ce que peut signifier la « liberté » à notre époque. C'est vrai. La chanson de Florent Pagny *Ma liberté de penser* lui semblait avoir tout dit, et de façon plus agréable et succincte, sur un thème plutôt rebattu.

En revanche, ils ont parlé de la maison de Saintes et de sa vente éventuelle :

— Où en es-tu, s'est enquis Max, tu as vu le notaire ?

— Oui.

— Qu'est-ce qu'il t'a dit ?

— Que la maison était libre de toute hypothèque, et il m'a indiqué un prix de vente en concordance, à ce qu'il m'a assuré, avec ceux du marché. Mais, à l'agence, j'ai fait ce que tu m'as dit : j'ai fixé un prix supérieur, et ils n'ont pas tiqué. Ils vont faire passer les annonces nécessaires dans les journaux et faire poser un panneau sur la maison. Il n'y aura plus qu'à attendre les acheteurs...

— Parfait. Toutefois, je pense qu'il est un peu tôt pour commencer nos recherches d'un nouvel appartement à Paris. Si on en trouve un à notre convenance, il faut être en mesure de donner un chèque sur-le-champ. Et je ne pourrai le faire que lorsque nous aurons obtenu l'argent de Saintes...

L'expression « argent de Saintes » blesse Mona : la vieille maison réduite à une liasse de numéraire ? Alors qu'elle représente des décennies de soins attentifs, d'aménagements progressifs, et surtout d'amour ? Son père a aimé sa maison, où il est mort tranquillement dans son lit, achevant sa vie entre sa vieille bonne et son vieux chat. Sur la fin, il semblait si heureux à l'idée que Mona en hériterait ; d'où les améliorations qu'il y avait encore apportées, les derniers temps : la peinture des volets, le changement de tapisserie du salon. Et, sans la prévenir, il lui a laissé un carnet sur lequel il indique tout ce qu'il convient de faire pour entretenir au mieux la maison et fleurir le jardin au printemps, avec les noms des entrepreneurs qui ont l'habitude de s'en occuper, le coin où se trouve le compteur d'électricité, celui du gaz, le robinet d'arrêt pour l'eau, et qui sont les voisins et vieux amis sur lesquels elle peut compter.

Une feuille de route, en quelque sorte, comme s'il était évident pour lui que sa fille allait continuer de s'occuper de cette maison dont elle devenait la propriétaire attitrée.

Le carnet bleu était sur le bureau de son père où Mona l'avait découvert en cherchant les papiers concernant la propriété de la maison, mais elle n'en avait pas parlé à Max. Il aurait été capable de dire : « Quel maniaque que ton paternel ! Qu'est-ce qu'il croyait, qu'on allait prendre la succession de son existence de retraité... ?

Il n'a pas bien regardé sa fille, elle n'est pas faite pour cette vie-là, ma Mona, c'est une étoile destinée à briller au firmament parisien, nulle part ailleurs ! »

Sur l'oreiller à côté du sien, Max a déposé un petit mot : « Rendez-vous à treize heures pour déjeuner à L'Obélisque, au Crillon. Je tiens à te faire oublier la pièce d'hier soir, un peu sordide je le reconnais... Je t'embrasse, mon amour. »

Mona sourit. N'est-il pas merveilleux d'être traitée avec autant de sollicitude par un mari avec lequel on vit depuis près de huit ans ? On le sait, pour qu'un couple dure, il faut savoir faire des concessions : la sienne va être de vendre la maison de Saintes. Et de l'oublier.

Alors qu'elle sort de la douche, en peignoir, une serviette de bain sur ses cheveux qu'elle vient de relaver – ils se salissent si vite à Paris –, on sonne à la porte : ce doit être le facteur. Il lui apporte un paquet recommandé. Tout en signant l'accusé de réception, Mona s'interroge : de quoi s'agit-il ? Elle n'attend rien...

L'envoi vient de Saintes, de l'agence immobilière. Lorsqu'elle l'ouvre, elle découvre un chapeau de toile dans l'imprimé Burberry, avec un petit mot d'une écriture inconnue : « Pour aller avec votre écharpe et vous protéger de la pollution parisienne. À bientôt, revenez vite ! J'aurai quelque chose à vous montrer. » Signé : Laurent Verdier.

Elle ne connaît personne de ce nom, qui cela peut-il être ? Soudain, l'évidence s'impose : l'envoi provient de l'homme qui lui a apporté les sarments et qui portait la même écharpe qu'elle... Il a dû voir le panneau « À vendre » sur la maison, se rendre à l'agence et lui confier le paquet, car ils ne pouvaient pas lui communiquer son nom ni son adresse parisienne.

C'est gentil, mais que signifie ce cadeau ? Que lui veut cet homme ? Si c'est la maison qui l'intéresse, il n'a qu'à faire une proposition à l'agent immobilier qui la lui transmettra. Mona aimerait autant que ce soit cet homme qui l'achète, il avait l'air de l'apprécier, il saurait en prendre soin. Mais a-t-il une femme, une compagne, et sera-t-elle d'accord ? Il va falloir qu'elle retourne là-bas voir comment les choses avancent.

Tout en réfléchissant, Mona s'est habillée en vue de son déjeuner à L'Obélisque, l'un des restaurants de l'hôtel de Crillon. Elle choisit un tailleur de crêpe noir sur un chemisier de soie blanche, son petit clip or et diamants au revers, et n'oublie pas son rang de perles : le strict uniforme de la Parisienne élégante. Au dernier moment, sur une impulsion, elle s'entoure le cou de l'écharpe Burberry qu'elle a emportée dans sa valise. Max ne l'aime pas, elle le sait, mais tant pis, cela casse l'image par trop parfaite et conventionnelle que lui renvoie la glace.

Ce bout de tissu lui fait l'effet d'un souffle venu d'ailleurs : des pays nordiques d'abord, aussi de la petite ville de Saintes, si chère à son père.

VI

« Comment se fait-il, se demande Mona, que, quelle que soit notre origine, nous soyons tous si sensibles au luxe ? » Pour ce qui est d'elle, un sentiment de satisfaction, presque de bonheur, l'a submergée sitôt franchie la porte tournante de l'entrée du palace qu'un groom en tenue fait pivoter. Plus loin, une sorte de majordome l'a saluée, puis l'un des deux imposants concierges postés derrière leur bureau d'accueil lui a indiqué avec empressement l'accès au restaurant.

Elle est un hôte forcément de marque puisqu'elle se trouve dans ce lieu où tout est ordonné pour satisfaire le besoin de beauté et de perfection que ressentent instinctivement les humains. Dont ils sont privés la plupart du temps, du moins dans la vie courante.

Tout en se dirigeant vers le restaurant par un long couloir bordé de vitrines exposant les créations de grandes marques telles que Cartier, Rykiel, Saint Laurent, Mona admire le cadre : rien d'outré, d'excessif ni de débordant, même dans les immenses bouquets disposés tout le long du hall. Ce raffinement apporté à chaque détail achève de l'enchanter, à ceci près qu'elle ne peut s'abandonner totalement à un bien-être qu'elle sait provisoire... Un petit tour au paradis et c'en sera fini !

Le maître d'hôtel la salue à l'entrée du restaurant qui

fait partie de l'hôtel. Il lui sourit comme si elle était une habituée et qu'il n'attendait qu'elle. Dès l'annonce de son nom, il la conduit vers une table bien placée où se trouve déjà Max, lequel se lève à son approche. Mona apprécie que son mari ait fait l'effort d'arriver avant elle pour l'accueillir !

Et la cérémonie du déjeuner se poursuit à l'avenant. Ici vos désirs sont des ordres, quand ils ne sont pas devancés : petites friandises hors menu, renouvellement constant de la boisson, du pain, évolution furtive d'un personnel qui vous sert sans s'immiscer dans votre intimité avec votre commensal.

On ne s'est permis de leur conseiller un plat, un vin, qu'à la demande expresse de Max.

— Cela te plaît ? s'informe son mari, à peine a-t-elle goûté à sa sole grillée aux petits légumes du potager.

— C'est parfait, dit-elle en souriant. Je me croirais…

Elle allait dire à Saintes, car ça n'est qu'au marché Saint-Pierre qu'elle trouve des poissons dans toute leur fraîcheur, pêchés le matin même dans les parages de l'île d'Oléron, des langoustines encore vivantes, des crevettes bondissantes, des huîtres baignant dans leur eau, tous produits de la mer plus délicieux encore de n'avoir pas eu à connaître la glace du transport.

S'étant retenue à temps, Mona termine sa phrase autrement :

— Parfait comme tout ce que tu me fais vivre, mon amour…

Alors Max prend sa main sur la table, puis lui caresse la joue d'un geste si charmant qu'il semble à Mona que le personnel comme la clientèle du restaurant en sourient d'aise. Max et elle jouent à la perfection leur rôle de jeune couple amoureux.

Mais pourquoi lui vient-il à l'idée que c'est un rôle comme au théâtre ? En fait, la plupart de nos sentiments ont besoin, pour mieux s'exprimer, d'un décor approprié, et lorsqu'ils vont se retrouver tout à l'heure sur le trottoir, ensuite dans le parking souterrain de la place de la Concorde, puis dans la circulation tantôt trop lente, tantôt trop rapide, le charme sera rompu.

Pourquoi se projette-t-elle à l'avance dans l'après ? Serait-elle incapable d'apprécier le moment présent ? Pour se le faire pardonner, Mona soulève son verre où chatoie un merveilleux bordeaux dont le sommelier leur a garanti qu'il pouvait accompagner le poisson. Même la tarte au chocolat qu'elle a commandée en dessert, suivie du café apporté par un serveur uniquement affecté à ce breuvage, est ici incomparable, comme tout le reste.

Lorsqu'il leur faut se lever pour partir – elle n'a pas vu Max payer avec sa carte bleue, tant l'opération s'est faite discrètement –, Mona ne pense plus à l'écharpe Burberry abandonnée sur le dossier de son fauteuil. Un serveur la rattrape pour la lui tendre au moment où ils vont quitter le restaurant.

— Oh merci, dit-elle, je l'oubliais !

— Ça n'aurait pas été un mal, dit Max, cet accessoire ne va pas du tout avec ta tenue, autrement parfaite.

Pourquoi, en dépit du compliment, Mona éprouve-t-elle comme un léger coup de poignard au cœur ? Si elle porte cette écharpe qu'elle vient de retrouver dans la grosse armoire de Saintes, c'est en mémoire de son père. Elle devrait peut-être l'expliquer à Max, mais elle n'en a pas envie.

Cette écharpe, c'est aussi un secret d'amour.

VII

C'est Cécile qui l'accompagne jusqu'à la gare Montparnasse. Mona ayant l'intention de ne faire qu'un aller et retour Paris-Saintes, il lui a semblé inutilement fatigant de prendre sa voiture. Et ce matin-là, Max avait un rendez-vous trop important pour qu'il puisse le décommander afin de la « mettre dans le train », ainsi qu'il sait si bien faire, avec journaux, petit cadeau et recommandations diverses qui la font se sentir précieuse et désirée. Comme dans la chanson si bien modulée autrefois de Mireille : *Puisque vous partez en voyage...*

La secrétaire – Max préfère dire « mon assistante » : d'après lui ce titre leur donne du poids à tous deux vis-à-vis de leurs interlocuteurs – a appelé Mona depuis son portable pour lui dire qu'elle était au bas de l'immeuble où elle l'attendait dans sa propre voiture. Cécile portait sa tenue de travail : un tailleur en fin lainage bleu sur l'un de ces hauts (le sien est vert d'eau incrusté de dentelle) laissant les épaules à découvert et que les filles d'aujourd'hui arborent dès le matin. On dirait qu'elles sont en combinaison, si elles ôtent leur veste. Cécile retire-t-elle la sienne dès qu'elle est au bureau pour exhiber ses bras, la naissance de ses seins ? Pour son compte, Mona préfère des T-shirts à petites manches ou des blouses comme celle, en soie sauvage, qu'elle porte sous son ensemble pantalon en toile de lin beige clair. Trop de nu finit par tuer le désir, lui semble-t-il. Nos grands-mères le savaient, qui pourtant n'étaient guère plus prudes que nous, au contraire.

— Merci, inutile de vous garer, vous pouvez repartir, je connais par cœur l'emplacement de mon TGV, dit-elle à Cécile qui lui tend son billet commandé par ses soins et reçu au bureau.

— N'oubliez pas de le composter ! Ni de descendre du TGV à Niort… C'est là que vous changez !

Mona ne répond pas : un peu de sollicitude est appréciable, mais être prise pour une dame âgée par une personne qui a cinq ans de moins qu'elle l'horripile.

— Merci de m'avoir accompagnée, dit-elle en jaillissant lestement de la Renault 5, son léger sac de voyage à l'épaule.

— Dites-moi quand vous comptez revenir, lui lance Cécile en se penchant vers la portière avant de la claquer. Je reviendrai vous chercher…

— Je n'en sais encore rien, réplique Mona. Cela dépendra de ce que j'ai à faire…

En fait, au retour, elle espère voir Max plutôt que son « assistante » à la gare et elle lui téléphonera pour choisir un horaire qui lui convienne.

C'est seulement dans le TER, le train express régional dans lequel elle monte à Niort après avoir quitté le TGV, qu'elle commence à se détendre. La vitesse modérée du convoi klaxonnant joyeusement aux nombreux passages à niveau qui jalonnent son parcours, les multiples arrêts dans des localités aux jolis noms à consonances charentaises, font que de kilomètre en kilomètre elle a le sentiment de s'enfoncer dans la France profonde, celle d'avant le stress et la communication instantanée. D'ailleurs, elle a éteint son portable, comme il est recommandé dans les trains, et elle s'abandonne à sa rêverie en voyant défiler ces paysages dorés par l'automne où paissent des vaches noires et blanches, des moutons, des chevaux et même des ânes : d'étranges bestiaux à longs poils, les baudets du proche Poitou.

Arrivée à Saintes, en empruntant le souterrain qui mène à la sortie, Mona se dit qu'elle espère trouver un taxi, mais ils sont peu nombreux et généralement pris d'assaut. Sinon, il lui faudra attendre le retour de l'un d'eux ; elle aurait dû retenir une voiture par téléphone, elle n'y a pas songé, tant pis. Son rendez-vous avec le notaire n'est qu'en fin d'après-midi, elle a du temps devant elle… Et faim !

Effectivement, le dernier taxi de la courte file vient de démarrer avec son chargement de voyageurs et de bagages quand elle sort de la gare, face aux grands platanes du parking ; et elle regarde de tous côtés pour voir si aucun autre ne se profile, quand un quatre-quatre stoppe à son niveau. Un homme en descend et vient se planter devant elle avec un large sourire.

— Vous ne me reconnaissez pas ?

Mona hésite. La surprise créée par l'apparition inattendue de cet homme fait qu'elle ne le « remet » pas, comme on dit.

— Allons, un effort, rappelez-vous…

— Ah, le livreur de sarments !

— Exactement, et je suis venu vous chercher pour le cas où vous n'auriez pas de taxi, ils sont tous pris, à cette heure-là…

— Mais comment saviez-vous que j'arrivais ?

— Saintes est une petite ville, et les agents immobiliers bavardent… Pas trop, ne vous en faites pas, juste assez pour vous faciliter la vie !

C'est vrai, et Mona, un peu fatiguée par ses trois heures et demi de transport, doit s'avouer qu'elle apprécie la possibilité d'un « lift ».

L'homme la décharge de son sac de voyage, qu'il pose sur la banquette arrière de son véhicule comme s'il ne faisait aucun doute qu'elle allait y monter. Ce qu'elle fait.

— Où Madame veut-elle aller ?

— À la maison, chauffeur ! dit-elle gaiement.

Après tout, la surprise est plaisante. Et sans conséquence, bien sûr… Peut-être est-il acheteur et veut-il en discuter avec elle pour obtenir un meilleur prix, ce qui expliquerait sa présence.

— Et vous vous appelez comment ? Ah oui, Laurent Verdier, vous me l'avez écrit avec l'envoi de votre paquet, et merci pour le chapeau, il est dans mon sac.

— Vous en aurez besoin, le soleil s'est remis à taper, ces jours-ci…

« Traverser la Charente par le pont Palissy, est-ce aussi merveilleux que franchir la Seine sur le pont des Arts ? » se demande Mona en contemplant les vastes prairies plantées de saules qui bordent le fleuve jusqu'au cœur de la ville. Elle finit par trouver le mot qui convient : « En tout cas, c'est plus champêtre… »

Et l'homme à ses côtés, l'est-il aussi ? Sûrement plus que Max, en tout cas. Ne serait-ce qu'à voir son profil bronzé sous son chapeau à larges bords, et la musculature de ses avant-bras qui sortent de sa chemisette à carreaux.

VIII

La vieille maison est toujours la même, fraîche et si bien meublée et outillée qu'il n'y a qu'à s'y installer.

— C'est drôle, dit Mona à Laurent Verdier qui l'a suivie pour lui porter sa valise, dès que j'entre dans le vestibule, j'ai le sentiment de n'avoir pas quitté les lieux, j'y suis tout de suite à l'aise...

— Comme toutes les maisons qui ont beaucoup vécu, celle-ci sait y faire avec les nouveaux arrivants, elle est prête et toujours disponible ! À un détail près...

— Lequel ?

— Il ne s'y trouve sans doute rien à manger. Je parie que le Frigidaire et les placards sont vides !

— C'est vrai.

— Venez chez moi, je vous invite, ma maison aussi est ouverte à tout moment, et comme elle est habitée en permanence, il y a de quoi se restaurer. De plus, j'aimerais vous faire visiter les lieux. Ils sont rustiques, mon palais se rapproche plutôt de la chaumière...

— Dans ce cas, je vous suis. Vous avez su piquer ma curiosité ! Qu'est-ce qu'un palais-chaumière ?

Verdier et Mona roulent en direction de la ferme-haras qui a pour nom Le Clos des Essarts, sans doute pour rappeler une forêt qui devait occuper très anciennement les lieux, devenus des prairies propices à l'élevage, quand Mona demande :

— Ne m'avez-vous pas dit, dans un message envoyé à Paris, que vous aviez quelque chose à me montrer ?

Laurent hésite un moment, comme s'il interrogeait sa mémoire, puis il se met à rire :

— Ah oui, c'est vrai ! Mais ne vous attendez à rien d'extraordinaire ; ce que je vous ai promis relève un peu de la blague, c'est juste pour vous amuser…

S'amuser : un mot qui, pour Mona, le cœur serré d'avoir à quitter la maison de son père, n'est plus vraiment de saison.

Sitôt qu'ils sont sortis du quatre-quatre – en fait, qu'ils ont mis pied à terre tant le véhicule est haut perché – Laurent entraîne Mona vers les boxes. Des abris en tôle et bois manifestement de confection rustique, ce qui leur confère le charme des anciens westerns.

— Venez voir la surprise !

— Un nouveau petit cheval ?

— Pas encore. La naissance est prévue pour le mois prochain : Justine n'est pas encore à terme. Non, c'est un nouvel habit de cérémonie pour Jumbo, mon étalon. Attendez un instant.

Au passage, il flatte le museau de deux chevaux demeurés dans leurs boxes et qui tendent le cou, espérant quelque gâterie, friandise ou caresse. Tandis que Mona s'approche elle aussi des chevaux en se demandant depuis combien de temps elle n'a pas monté – Max n'aime pas l'équitation, qu'elle a pratiquée dans son adolescence –, Verdier pénètre dans un box, y demeure quelques instants avant d'en faire sortir Jumbo en le tenant par la bride.

Mona ne peut que se mettre à rire : sur le dos du cheval se déploie une superbe couverture Burberry !

— Mais c'est très joli ! Cela lui va très bien ! Où avez-vous trouvé ça ?

— Dans une sellerie. La plupart de leurs couvertures pour chevaux sont très classiques, mais ils en vendent quelques-unes de fantaisie... Comme Jumbo en avait besoin d'une neuve, la sienne étant complètement usée par plusieurs hivers, en voyant celle-ci j'ai pensé qu'elle vous plairait, si vous reveniez « par chez nous ». Ce que j'espérais...

— Jumbo est très élégant sous sa couverture à l'anglaise, il va séduire toutes les juments des environs...

— C'est déjà fait ! Ne vous inquiétez pas pour lui.

En effet, le bel alezan à longue queue, le cou souple, le poil luisant, l'allure noble, n'a nul besoin d'un harnachement spécial pour attirer l'œil de tous ceux, bêtes et gens, qui l'aperçoivent.

— Mieux vaut la lui retirer, dit Verdier en ôtant la couverture du dos de l'étalon ; il fait assez chaud... C'était pour vous montrer que mon cheval est à vos couleurs ! Comme je l'étais sans le savoir quand je vous ai rencontrée, belle Dame à l'écharpe...

— Savez-vous qu'on fait aussi des sacs, des doublures d'imper, des laisses pour chiens, et même de la vaisselle Burberry... De quoi se monter un petit ménage !

— Je crois que Jumbo et moi nous nous en tiendrons là : moi à mon écharpe, lui à sa couverture... Ce sera notre signe de soumission, et mieux vaut qu'il demeure discret... Un petit clin d'œil occasionnel pour vous dire si besoin est : « Nous sommes à vos ordres ! » Maintenant, venez vous rafraîchir à l'intérieur.

En suivant son guide vers la longue maison en partie recouverte de vigne vierge, Mona ne peut s'empêcher de penser à ce que dirait Max en voyant Jumbo ainsi « emburberrysé » ! Sans doute trouverait-il cet accoutrement vulgaire, ou, comme il aime dire à propos de tout ce qui se fait remarquer : « C'est un peu *too much !* »

Or c'est ce « trop », ce *too much*, se dit Mona, arboré par le cheval et revendiqué par son maître, qui aujourd'hui la réconforte. Comme une chaleureuse embrassade. Dans cette demeure mi-haras, mi-maison de maître, elle se sent presque comme dans la sienne. C'est drôle.

Qu'en penserait Max ?

IX

— Reprenez-en un peu, cela vous fera du bien, et rassurez-vous : ça n'est pas grossissant…

— D'où vous vient l'idée que je crains de grossir ? dit Mona en se resservant du délicieux fromage de chèvre frais assaisonné au basilic et à l'huile d'olive que Laurent Verdier a déposé sur la table dans une coupelle en grès, avec du pain de seigle et du beurre baratté.

— Toutes les femmes craignent pour leur ligne, par les modes qui courent, dit Laurent Verdier en souriant, mais la vôtre est parfaite, vous devez faire du sport ?

— Pas assez, seulement quand je suis en vacances et que je peux nager, rouler à vélo… À Paris je ne fais que marcher, dans un air qu'il vaut mieux ne pas respirer à pleins poumons.

— Vous n'aimez pas votre ville ?

— Mais si, elle est merveilleuse, et j'y suis née. Ce sont les voitures et ce qu'elles engendrent que je n'aime pas…

— Votre nouveau maire n'a-t-il pas une politique restrictive en matière de circulation automobile ?

— Il fait sans doute ce qu'il peut, mais il est difficile de revenir totalement sur le slogan des années Pompidou : « Le Français aime la bagnole, il en faut au moins une pour chacun… »

— La même formule que celle de Ford aux États-Unis, dit Laurent Verdier. Une fois enclenché, c'est un processus difficile à enrayer : dès que quelqu'un vient au monde, on dirait qu'il songe déjà à la voiture qu'il va conduire. Il y a même une publicité là-dessus, vous l'avez vue ? Le père agite sous le nez de son bébé les clés du futur véhicule qu'il lui destine.

— C'est normal, pour la plupart des gens la voiture est l'emblème de la liberté individuelle.

— Pourtant vous n'avez pas pris la vôtre, pour venir jusqu'ici ?

— C'est vrai et j'en ai perdu ma liberté !

— Vous la regrettez ? Je parle de votre voiture…

— Non, puisque vous êtes venu à ma rencontre avec la vôtre et je vous en remercie…

Ils sont assis sous un parasol jaune devant la maison charentaise de plain-pied où Laurent Verdier a proposé de la recevoir afin qu'elle puisse se restaurer.

— Il y a de quoi, chez un fermier comme moi ! En tout cas, les produits essentiels, le pain, le fromage, les fruits, les légumes du potager… Et l'huile d'olive que m'envoie ma sœur de son oliveraie de haute Provence.

Après avoir déposé son sac dans sa vieille maison, un peu obscure avec ses volets fermés, Mona a accepté l'offre faite de si bon cœur et apprécié de se retrouver sous le doux soleil d'automne dans cette propriété qui tient à la fois de la ferme, du haras, et du clos, comme on dit ici des belles maisons de campagne.

Un homme en treillis les a accueillis à la descente du quatre-quatre afin d'informer Laurent Verdier de quelques détails concernant les chevaux – l'un d'eux boitait –, tandis que Mona tournait autour de la maison pour prendre connaissance des lieux. Quelle douceur, quelle lumière ! Cette lumière unique de la Charente qu'appréciait tant l'ancien président originaire des lieux, François Mitterrand. Si le temps lui en avait été accordé, il serait sûrement venu se retirer dans sa maison de famille. Ce qu'a pu faire mon père, se dit Mona, et je pense qu'il a eu de la chance de pouvoir profiter de ses dernières années dans cette région.

Pourtant, son père était né à Paris, dans le premier arrondissement, qu'il considérait comme le plus beau de la capitale. Mais passé les quatre-vingts ans, il en avait eu assez de la ville et même de son quartier : « Je ne vois plus que des Japonais quand je descends de chez moi, rue de Rivoli ! » disait-il d'un air surpris et comme contrit.

« Ici, se dit Mona, la plupart des gens sont du cru, et ça m'étonnerait qu'ils soient assez motivés pour aller chercher du travail ailleurs, s'ils peuvent faire autrement. »

Ainsi Laurent Verdier.

Après que son hôte l'a fait pénétrer dans la grande salle servant à la fois de salle à manger, de salle de séjour et de salon, avec une cheminée monumentale qui manifestement sert beaucoup, Laurent l'entraîne dans la cuisine dallée et sombre, aux cuivres rutilants, et se saisit d'assiettes, de couverts, de verres et de divers plats qu'il dispose sur un plateau.

— Allons manger dehors, vous profiterez mieux de la lumière et de l'air. Vous êtes un peu pâlotte…

Mona s'est laissé servir, tiens, comme au restaurant de l'hôtel de Crillon ! Toutefois, quelle différence ! Ici, ils ne sont entourés que de deux chiens, un gros et un petit, un chat les observant de son refuge sur une murette à balustres derrière laquelle, lui a dit Verdier, coule la Charente.

Mona apprécie cette liberté de gestes : s'occuper soi-même de son assiette, de ce qu'on y met ou non, et même pouvoir se lever en plein milieu du repas si le cœur vous en dit !

— À quelle heure avez-vous rendez-vous avec l'agence ?

— À cinq heures.

— Il n'est que trois heures. Vous ne désirez pas faire une petite sieste ?

— Je préférerais aller visiter les boxes et revoir les chevaux de plus près : je les entends qui hennissent.

— Ils réclament de partir en promenade, c'est leur heure, mais Barnabé va s'en occuper, et moi je monterai ma jument quand vous serez partie.

— Je vous dérange ?

— Vous voulez rire... Votre présence illumine ma journée : vous savez, je vis seul ici depuis ma séparation d'avec ma femme...

— C'est dur ?

— Cela pourrait l'être, mais je suis difficile dans le choix de ma compagnie, dit Verdier dont le visage s'est assombri. Et aussi, je dois le reconnaître, pas facile à vivre.

— Vous n'aimez pas qu'on vous embête.

— Je suis exigeant sur bien des points et je comprends qu'Isabelle en ait eu assez... Mais laissons cela ; venez plutôt voir mes vrais compagnons. Eux comprennent tout ; quoi qu'en disent les ignorants, les chevaux sont très intelligents.

Mona se met à rire. Ils sont près des boxes et elle caresse le doux museau d'un cheval qui a avancé la tête pour la flairer.

— Autrefois c'étaient les femmes qu'on considérait comme bornées. Il a bien fallu changer d'idée, et ce doit être pour ça qu'on s'est rabattu sur la prétendue stupidité des bêtes...

Les chiens vont et viennent autour d'eux, tout heureux de pouvoir courir à leur guise.

— Mes chiens aussi apprécient votre présence, se borne à répondre Verdier.

X

L'agence n'avait que deux propositions à lui soumettre : l'une émanait d'un père de huit enfants, lequel, invoquant ses charges de famille, réclamait un énorme abattement, et l'autre d'un homme seul qui voulait bien acheter la maison, mais sans le jardin, et du coup exigeait lui aussi une réduction considérable sur le prix demandé.

Évidemment, Mona refuse et lorsqu'elle se retrouve sur le cours National, si animé par cette fin d'après-midi, elle se sent toute joyeuse, alors qu'elle devrait être déçue. Ne sait-elle pas que si la vente n'est pas en vue, Max risque d'être mécontent ?

Il va falloir qu'elle le convainque que rien ne presse, qu'ils vivent très bien dans leur petit appartement de la rue du Dragon, même s'ils y sont un peu à l'étroit. Ils n'ont pas d'enfant, pas même de chien ou de chat, et quand on s'aime on ne souffre pas d'être un peu l'un sur l'autre. Au contraire.

En rentrant dans la maison, elle est agréablement surprise par la fraîcheur qui y règne. Ces maisons anciennes ont des murs épais et par la porte vitrée de la véranda, qui mène au jardin, arrivent des bouffées d'air pur. Attirée par la vue et le parfum de la verdure, Mona s'y rend pour une petite inspection. Le carré d'herbe a trop poussé, des roses se fanent sur leurs tiges, la vigne vierge envahit tout. Elle se dit qu'il faut qu'elle appelle le jardinier dont son père lui a laissé le nom : pour être présenté à d'éventuels acheteurs, l'endroit doit être impeccable.

Les vieux meubles aussi auraient besoin d'être encaustiqués, ne fût-ce que pour leur entretien ; mais pourquoi se donner du mal ? Max a dit qu'ils devraient tous les vendre en même temps que la maison. Pour leur nouvel appartement, il veut un cadre clair, avec un mobilier moderne, et rien de ce qui se trouve ici ne peut faire l'affaire, hormis peut-être le cartel Louis XIV. Toutefois, cette belle pièce, privée de son environnement, n'aurait-elle pas l'air... eh bien, déplacée ? Comme si on l'avait volée...

Soudain, Mona se met à pleurer ; elle a l'impression d'être le capitaine d'un navire trop vieux pour courir les mers et qu'on va démanteler. Bien sûr, elle peut trouver un acheteur amoureux des lieux qui ne touchera à rien et laissera la maison en état, dans son charme vieillot ; mais ce n'est pas sûr... Pour imprimer leur marque, les nouveaux propriétaires imposent leur goût, quel qu'il soit, aux lieux qu'ils viennent d'acquérir.

Tout sera chamboulé, les tapisseries refaites, dont la jaune à petits motifs que son père avait choisie pour la chambre qu'il lui destinait, qu'il avait fait rénover pour qu'elle s'y sente tout à fait chez elle.

Et Mona de pleurer de plus belle au souvenir de la touchante inquiétude avec laquelle le vieux monsieur lui avait dit, lors d'une de ses arrivées : « Va voir ta chambre ! J'espère qu'elle te plaira : elle a changé ! »

Le téléphone sonne, ce doit être Max. Il faut qu'elle se calme pour que son mari ne soupçonne rien de son désarroi. Il la croirait fatiguée, s'inquiéterait, ou penserait qu'elle est fâchée d'avoir fait ce voyage pour rien.

Mais ce n'est pas sa voix qu'elle entend ; il s'agit d'une autre plus lente, plus basse aussi :

— Allô, je suis Laurent Verdier, est-ce que tout va bien ?

— Oui, je crois.

Silence au bout du fil, puis la voix reprend :

— Eh bien moi, je ne crois pas, j'entends à votre ton que quelque chose vous a affectée. Vous n'avez pas trouvé d'acheteur ?

— Oh, ce n'est pas ça...

— C'est quoi alors ?

L'aveu sort d'elle comme un cri sans qu'elle l'ait voulu ni prévu :

— Je n'ai pas envie de vendre la maison.

Nouveau silence au bout du fil.

— Ce n'est pas grave. J'ai une solution : restez où vous êtes, j'arrive.

XI

C'est lorsqu'ils sont parvenus dans le grenier, où Mona l'a invité à monter pour compléter leur tour de la maison, que Laurent Verdier, le dos appuyé contre une poutre, lui fait soudain une proposition :

— Je l'achète !

— Quoi donc ? s'étonne Mona en scrutant autour d'elle : il y a là tant d'objets de toute nature – d'une vieille lanterne à des cadres vides, des tapis roulés, des bidets et des brocs antiques, des canapés défoncés, etc. – qu'elle ne comprend pas tout de suite ce que peut viser cette offre.

— Eh bien votre maison, je vous la prends à votre prix !

Mona, suffoquée – elle s'attendait si peu à cela –, reste un instant silencieuse avant de rétorquer :

— Mais vous en avez déjà une ! Vous ne pouvez pas habiter deux maisons !

— Mais si, par vieille cousine interposée ! N'ayant pas eu d'enfant, Léocadie n'a que moi. Elle vit pour l'instant à Bressuire, qui pour elle est loin, et elle rêve de se rapprocher afin de me voir plus souvent. Comme elle aime son indépendance et moi la mienne, il n'est pas question que nous habitions ensemble... Ici, à Saintes, elle serait très bien, votre maison est centrale, près des rues piétonnes et de leurs commerces. Surtout, il y a ce qu'il faut pour compléter son bonheur et celui de son chat : un jardinet !

— La maison n'est-elle pas trop grande pour une personne seule ?

— Je trouverai quelqu'un pour vivre avec elle, une jeune fille cherchant à habiter près de son travail ou de ses études, ou une jeune infirmière qui a besoin d'un logement agréable non loin de l'hôpital, à prix modéré ou même gratuitement. Tout le monde y trouvera son compte… jusqu'à vous !

— Il est vrai que je préférerais savoir ma maison dans votre famille plutôt qu'aux mains d'étrangers qui ne sauraient pas forcément l'apprécier, ni la respecter…

— Vous pourriez y venir quand vous voudriez, on vous garderait une chambre, *votre* chambre… Et vous ne seriez pas dépaysée en revenant ici : je connais ma cousine, elle ne toucherait à rien de votre mobilier ni de l'arrangement voulu par votre père. Nous mettrions ses quelques meubles dans ce grenier, il est bien assez grand pour le peu qu'elle a. Ça vous irait ?

Tout tourne si vite dans l'esprit de Mona qu'elle ne trouve rien à répondre : elle considère, médusée, le visage de Laurent Verdier dont l'éclairage oblique du vasistas accuse les traits. Elle le trouve plutôt beau, tout en s'interrogeant sur l'insolite de sa proposition : il veut acheter la maison en lui en laissant en quelque sorte la disposition… et il ne demande aucun abattement de prix.

Pourquoi tant de générosité ? Ils ne se connaissaient pas il y a encore quelques semaines, il n'a aucune raison de lui faire de cadeaux… Et, en admettant que la cession se conclue, s'entendrait-elle avec la cousine quand elle reviendrait ici, ne fût-ce qu'à la Toussaint, pour se rendre sur la tombe de son père enterré au cimetière Saint-Vivien ?

On dirait que Laurent Verdier a pénétré sa pensée :

— Léocadie, dite Léo, a quatre-vingts ans, c'est une femme très douce. Je me demande d'ailleurs si la douceur n'est pas la plus belle qualité chez une femme.

Mona se met à rire :

— Ça me paraît un peu machiste, ce que vous dites là ! Que faites-vous de notre intelligence ?

— Elle est si manifeste qu'elle ne surprend plus... Tandis que la douceur, disons la bonté, est une denrée rare. Et vous, qu'appréciez-vous le plus chez les hommes ?

Sa réponse jaillit alors qu'elle n'y avait jamais pensé auparavant :

— La fidélité !

Verdier se tait comme s'il réfléchissait, puis il sourit à son tour en cherchant à mieux la discerner dans la pénombre du grenier :

— Vous avez raison, la fidélité aussi est une qualité rare.

Puis l'homme quitte l'appui qu'il avait pris sur une poutre transversale pour se diriger vers l'escalier :

— Voulez-vous que nous descendions ? Je dois retourner à mes chevaux. Vous me direz demain si mon offre vous agrée et si vous êtes prête à l'accepter.

Il est sur le trottoir qui borde la maison lorsqu'il lance encore à Mona demeurée sur le seuil :

— Je peux aussi vous la louer, si ça vous arrange mieux.

— C'est vrai que j'ai envie de la garder. Mais mon mari et moi avons besoin de l'argent de cette vente pour nous procurer un plus grand appartement à Paris.

Laurent Verdier esquisse un geste d'impuissance et se

dirige à grands pas vers la place Blair où il a garé son quatre-quatre.

En le voyant s'éloigner, Mona repense à la façon dont, en descendant l'escalier, il caressait de la main la rampe de noyer, si lisse et si ronde, sur laquelle son père s'était tant de fois appuyé. Cet homme saurait aimer la maison, et la savoir en sa possession ne la ferait pas trop souffrir.

Une chance de l'avoir rencontré, ce qui s'est fait par hasard, une vraie chance.

XII

Aux environs de Saintes, s'élèvent comme à l'improviste le long des champs, au fond ou en bordure des bois, de modestes hameaux, des habitations isolées qui rappellent à quel point ce vieux pays fut autrefois entièrement voué à l'agriculture.

Un maillage serré de petites routes, de chemins vicinaux, de sentiers non bitumés, tel un réseau de capillaires, amène la vie au creux de ces vallons qu'on pourrait croire désertés. Il s'y perpétue au contraire une vie chaleureuse que des humains installés volontairement à l'écart de la circulation partagent avec des bêtes familières : chiens, chats, mais aussi poules et lapins.

C'est dans l'un de ces anciens bâtiments fermiers que vit Léocadie, la tante de Laurent Verdier, chez qui il a décidé Mona à l'accompagner.

— Êtes-vous sûr que la visite d'une étrangère ne va pas la déranger ? Vous m'avez dit qu'elle aimait sa retraite solitaire…

— Après son veuvage, Léocadie a dû s'y faire, mais cet isolement lui pèse, et de plus en plus à mesure qu'elle vieillit, entend moins bien, marche mal… Reste qu'elle ne l'avouera pour rien au monde.

— C'est pour elle que vous vouliez acheter ma maison, m'avez-vous dit ? Pour qu'elle se rapproche du centre ville ?

— Je reste prêt à l'acquérir si, en plus, cela doit vous arranger... Mais rien ne dit que tante Léo acceptera d'y emménager : elle souffre à l'idée de quitter ses bêtes, ses souvenirs...

— Mais il y a un jardin dans la vieille maison...

— Pour les chiens et les chats, je ne dis pas, mais les poules ?

— Là, il faudrait qu'elle s'en sépare ou les confie à ses voisins, elle doit bien en avoir ?

— Et ils les mangeront... Ma tante est une grande sentimentale quand il s'agit des animaux.

— Je la comprends, je suis pareille ! dit Mona.

— C'est bien pour cela que je tiens à vous présenter l'une à l'autre...

Laurent vient d'engager la voiture dans un chemin de terre si étroit que mieux vaudrait ne pas y croiser un autre véhicule... Ce n'est pas une voiture, mais un chevreuil qui surgit : il bondit presque sous leurs roues avant de disparaître dans un fourré. Mona s'exclame, émerveillée :

— Qu'il était joli ! Heureusement que vous conduisiez lentement !

— À partir d'ici je roule au pas, c'est le territoire des animaux !

La maison est encore dissimulée par quelques arbres quand deux chiens se précipitent en aboyant au-devant de la voiture : un gros, noir et blanc, et un petit rouquin, tous deux de race incertaine.

— La grosse c'est Viviane, la chienne, et le petit c'est Florian, le chien ! Ils préviennent leur chère maîtresse de toute arrivée : elle se pointe aussitôt sur le seuil pour voir de quoi il peut bien s'agir... Les visites sont rares, et tante Léo les redoute autant qu'elle les espère.

Une dame au pas lent, s'appuyant à deux mains sur une canne en bois sculpté, vient d'apparaître en haut des quelques marches qui précèdent la porte d'entrée.

— Quelle est belle ! dit Mona sans que Laurent sache si le compliment s'adresse à la maison ou à sa propriétaire.

« Sans doute aux deux », décide-t-il, heureux de ce début qui lui semble prometteur.

XIII

— Cela vous ennuie si je vous reçois dans la cuisine ? Comme ça, on est ensemble pendant que je vous prépare quelque chose… À boire ou même un petit en-cas, si vous avez faim : j'ai de quoi vous confectionner une omelette avec des œufs de ce matin…

La tante Léocadie est déjà rentrée à l'intérieur de la maison où, s'appuyant sur sa canne, elle les précède avec une vélocité étonnante.

Mona n'a pas eu le temps de placer un mot. Laurent lui souffle en souriant :

— Quand tante Léo vous pose une question, pas la peine d'y répondre : elle l'a déjà fait à votre place dans le sens qui lui convient ! Allons donc dans sa cuisine. C'est la pièce à vivre : on y trouve tout, et le reste…

— Comme dans la vôtre !

— La sienne est pire ! Vous allez voir…

Effectivement, dans une belle et grande pièce dallée à la forte charpente, avec deux fenêtres à petits carreaux, plus une porte à battants donnant sur une arrière-cour, la cuisine expose ses trésors à tous les regards.

Sa batterie de cuivres, d'abord, dont des ustensiles tels que casseroles, bassinoires, fontaine, poêlons inusités, ne sont plus que décoratifs. Mais aussi des pots en terre, des cruchons, des barriques de vin percées d'un robinet, des pichets, des bassines, des seaux, une lessiveuse, le tout en zinc, plusieurs services de table en porcelaine, en faïence, disposés sur un vaisselier surchargé, des plantes en pots dont des cactées, des paniers d'osier tressé dont l'un contient des œufs, un autre des champignons, au centre une immense table de bois surchargée de pots de confiture, boîte à sel, poivrier, des journaux, du courrier, un tricot commencé, ce doit être une écharpe, et deux chats, l'un roux, l'autre noir, surveillant le tout.

Toute la vie quotidienne de la vieille dame est là, à sa portée.

D'un revers de bras, elle débarrasse un bout de table, en fait déguerpir les chats et enjoint à ses hôtes de tirer deux des chaises de paille reléguées contre le mur.

— Aux fines herbes ou au lard, l'omelette ? leur demande-t-elle tout en sortant une poêle qu'elle dispose sur la cuisinière à bois, sans qu'ils aient eu le temps d'accepter ou de décliner son offre.

Puis elle poursuit :

— Elle sera plus légère à la ciboulette et au persil. Je ne vous propose pas de café, on est presque à l'heure de l'apéro, un coup de vin fera mieux l'affaire, n'est-ce pas, mon Laurent ?

Cette fois, elle s'adresse directement à son neveu, lequel s'est approché pour tenter de l'aider. Elle a levé vers lui son vieux et bon visage ridé, et il se penche pour l'embrasser tendrement sur les deux joues :

— As-tu encore de ce vin du pays qu'aimait tant l'oncle Hector ?

— Bien sûr, le voisin continue de m'en fournir du sien, une barrique par an que je n'ai ni le temps ni le goût de boire… Tiens, prends le pichet, et tires-en du tonneau.

C'est lorsqu'ils sont tous trois assis au bout de la table, devant la porte à battants ouverte, l'omelette avalée, les assiettes saucées avec du pain qu'on doit pouvoir appeler bis – « Où le trouve-t-elle ? » se demande Mona en le savourant –, que la conversation peut commencer.

— Et d'où te vient cette jolie dame ? lance Léocadie qui jusque-là, toute à sa cuisine, n'avait pas eu l'air de regarder la visiteuse.

— Elle s'appelle Mona Embard, répond Laurent, et je t'ai parlé d'elle, tu t'en souviens ? Elle cherche à vendre sa maison du centre de Saintes et je lui ai proposé de l'acheter pour que tu puisses t'y installer !

— Quelle idée ! Pour que je m'y meure d'ennui ! Tu es bien gentil, mon neveu, mais je ne suis pas encore gâteuse et j'ai trop besoin de mon chez-moi...

— Mais tu l'installeras là-bas, ton chez-toi, on déménagera tout, même la cuisinière à bois ! Quant aux chats, il y a un jardin... Il n'y a peut-être que les poules qu'il faudra laisser, et encore...

— Et mon jardin potager, mes pommiers, mon abricotier, mes framboisiers, mes groseilliers, tu en fais quoi ? Et mon vieux voisin qui a besoin de moi comme j'ai besoin de lui ? Et tous mes souvenirs... ?

Sur ces derniers mots, sa voix jusque-là vibrante s'est cassée et Mona a le sentiment que Léocadie pourrait pleurer, submergée par la mémoire de ce qui a dû être un très grand amour.

Il y aurait donc des femmes, des hommes pour vivre toute leur vie dans un seul attachement, un lien si fort que la mort ne le dénoue pas ? Est-ce que c'est son cas à elle, avec Max ?

Soudain, Mona ne sait plus. Peut-être faudrait-il qu'elle interroge Léocadie en tête à tête, pour savoir s'ils se sont disputés, ces deux-là, au cours de leurs cinquante ou soixante années de mariage, s'ils se sont trompés, s'ils ont envisagé de se quitter, pour finalement se trouver ensemble, plus unis qu'à vingt ans, une fois arrivés à leur grand âge.

Réalité ou illusion, émotivité de vieillard, ce qui a fait monter les larmes aux yeux de Léocadie ? et, par contagion, aux siens ?

Pour se remettre, Mona demande à Laurent de lui verser encore de ce vin de pays qui passe si bien, qui réchauffe le corps, peut-être aussi l'âme. « Gouleyant », dit-on dans les campagnes. L'amour peut-il être gouleyant ?

XIV

Près de la vitre d'un compartiment du TER, Mona s'enfonce dans ses pensées tout en contemplant le paysage de prairies et de peupliers que traverse la voie ferrée qui longe la Charente. Une fois dans le TGV dans lequel elle montera à Niort, on ne voit plus que les grandes plaines de cultures extensives moins plaisantes à l'œil.

Par ici, la nature est encore verdoyante et le paysage est si beau avec ses vieilles fermes, ses vaches noires et blanches, qu'elle se sent tout heureuse de ne pas avoir à couper les ponts avec cette région qu'elle aime : grâce à Laurent Verdier, elle peut garder l'espoir de revenir en Charente quand elle voudra ; ce qui la console en partie d'avoir à se séparer de la maison.

C'est par téléphone, dès le lendemain de la visite au grenier et à la tante Léo, qu'elle lui a donné son accord – elle l'acceptait comme repreneur –, puis elle a prévenu l'agence immobilière qu'elle leur retirait la prospection de sa maison, le contrat par lequel elle la leur avait confiée arrivant à expiration. Et comme elle a trouvé son acheteur sans intermédiaire, le notaire va pouvoir se charger seul des dispositions à prendre. D'où des frais en moins.

Elle voulait annoncer aussitôt la bonne nouvelle à Max, mais elle n'est parvenue à le joindre ni sur son portable, obstinément fermé, ni au bureau où on lui a répondu à plusieurs reprises qu'il était en rendez-vous à l'extérieur. Alors Mona a bondi dans le premier train, avançant son retour. Comme les voyageurs sont priés de s'abstenir d'utiliser leur téléphone dans les voitures, elle s'est dit qu'elle allait attendre d'être face à Max pour lui faire la surprise : ça y est, la maison est vendue !

Ils vont ainsi pouvoir chercher l'appartement plus vaste que son mari désire tant, et déménager.

Plus elle y pense, plus Mona se dit que Max a raison : s'ils veulent avoir des enfants, et il en est temps, ils vivent trop à l'étroit dans leur logement de la rue du Dragon. Et s'ils ont un jour les moyens de s'acheter une résidence secondaire, ils la chercheront sur la côte plutôt que dans l'arrière-pays, en Bretagne par exemple, ou au Pays basque. Les enfants ont besoin de mer.

Alors que le haut-parleur n'a annoncé que trois minutes d'arrêt, voici qu'à Poitiers le train ne repart pas. Puis une information est diffusée : « Par suite d'un incident sur les voies, nous allons devoir prolonger cet arrêt dont nous ne pouvons encore préciser la durée. » Impatientés, certains voyageurs qui ne se rendaient à Paris que pour la journée descendent du train, préférant en reprendre un autre en sens inverse et retourner chez eux.

Mona, elle, ne se sent pas pressée, puisque personne ne l'attend, et elle se plonge dans le livre qu'elle a emporté : le dernier suspense de Mary Higgins Clark, un auteur qui, pendant quelques heures, lui fait tout oublier, même le désagrément d'avoir à rester dans un train immobile.

Quand, au bout d'une heure et demie, le TGV redémarre enfin, le haut-parleur leur annonce que, la voie n'étant pas encore libérée – un accident de personne, faut-il comprendre un suicide ? –, au lieu de rejoindre la gare Montparnasse, sa destination normale, la SNCF, qui s'en excuse, est contrainte de dévier le convoi vers un autre terminus, en l'occurrence la gare d'Austerlitz.

« De toute façon, se dit Mona, Max ne rentre chez nous que pour dîner, et j'y serai avant lui. » Et la jeune femme de se replonger dans sa lecture piège : comment l'héroïne va-t-elle s'en sortir ?

Quand elle pénètre dans l'appartement, comme elle l'avait pressenti Max n'est pas là. Toutefois, à sa surprise, elle découvre dans l'entrée une valise fermée avec une étiquette qui indique que ce bagage a fait un aller et retour sur l'Eurostar. Qu'est-ce que cela signifie ? Si Max est allé à Londres, il est étonnant qu'il ne lui en ait pas fait part. Surtout s'il y est resté deux jours comme s'en aperçoit Mona en ouvrant la valise : elle contient ses vêtements de nuit et aussi sa trousse de toilette.

Ce n'est pas tout : d'une poche intérieure du bagage, Mona extirpe le flacon d'une eau de toilette qui n'est pas celle de Max, lequel n'utilise que son Vétiver. Elle est signée Guerlain, et quand Mona la débouche il en émane un parfum qui lui rappelle quelqu'un... Jusqu'à ce que l'évidence s'impose : c'est celui de Cécile, la secrétaire de Max.

Est-ce à dire que lui et elle... ? Mona, le souffle coupé, se laisse tomber sur le lit près de la valise entrouverte. Certes il peut s'agir d'un voyage d'affaires comme il arrive à Max d'en accomplir pour Londres, Bruxelles, Berlin, mais pourquoi a-t-il été si soudain et aussi mystérieux ? Pire : comment se fait-il que l'eau de toilette de sa secrétaire se soit égarée dans sa trousse de toilette à lui ?

L'instinct féminin de Mona a déjà conclu : son estomac s'est noué, son cœur bat la chamade et elle souffre d'un léger tremblement.

Elle tente de repousser la pénible pensée qui se fait jour : ce doit être sa fatigue, due à un trop long voyage !

Mais la jeune femme ne peut se le cacher plus longtemps : à l'origine de son malaise il y a l'horrible appréhension de la trahison amoureuse…

Elle se remet avec peine sur ses jambes pour se diriger d'un pas automatique vers le buffet aux alcools : là, elle s'empare d'un vieux cognac qui lui vient de son père, s'en sert une bonne rasade qu'elle avale d'un trait. Puis une autre.

C'est pour se donner le courage d'affronter un homme qu'elle aime, son mari, qui, à ses yeux, n'est plus et ne sera plus jamais le même.

XV

Deux jours plus tard, Mona est à Saintes sous la véranda, face au jardin, assise dans le fauteuil en cuir repoussé où, lui a dit son père, une fois devenue veuve, sa grand-mère a passé le reste de sa longue vie. Il pleut. Elle entend les gouttes frapper le toit vitré et contemple la verdure qui se prélasse et se redresse sous la nourrissante averse.

Ici, dans la vieille maison, elle est encore chez elle et même tout à fait chez elle : n'est-elle pas la seule propriétaire du lieu ? Du moins tant qu'elle n'a pas signé l'acte de vente – et ce n'est pas fait, loin de là. Elle n'a reçu aucun document et, depuis qu'elle est arrivée ici il y a deux jours, elle n'a prévenu ni Laurent Verdier ni le notaire de sa présence à Saintes.

Avant de s'y résoudre, elle a besoin de réfléchir, de savoir où elle en est. Où ils en sont, Max et elle. La scène qui l'a poussée à reprendre sa valise, qu'elle n'avait pas défaite, et à repartir sur-le-champ pour Saintes, n'a guère duré :

— Tiens, tu es là ? a-t-il dit surpris de la découvrir silencieuse au salon, après qu'il eut franchi la porte et ôté son manteau.

Comme elle ne disait toujours rien, il a ajouté :

— Déjà rentrée ?

— Oui, j'arrive, et toi, d'où viens-tu ?

S'il n'avait pas vu sa valise dans l'entrée, où Mona l'avait déposée après l'avoir refermée, aurait-il tenté de mentir ? Là, il a compris qu'il ne pouvait pas et il n'a pas cherché à nier qu'il s'était déplacé :

— J'ai dû aller à Londres. Une affaire urgente.

Puis il s'est approché d'elle pour l'embrasser. C'est l'odorat aiguisé par une naissante jalousie que Mona a respiré son cou, son épaule, et perçu – ou cru percevoir – le parfum de l'eau de Guerlain qu'elle venait de respirer du flacon trouvé dans la valise de son mari. Ce qui l'a rendue furieuse.

— Tu étais seul ?

— Évidemment ! Je n'ai fait qu'un bref aller et retour pour mon travail.

— Tu mens !

Max, qui l'avait lâchée après un bref baiser, s'est reculé encore d'un pas :

— Quoi ? Que dis-tu ?

— Tu n'étais pas seul à Londres, tu étais avec Cécile.

— Qu'est-ce qui te permet de dire ça ?

— Je le sais, c'est tout… Sans compter que j'ai des preuves.

Sous le choc, Max s'est raidi, l'a toisée et a cherché à sortir le grand jeu :

— Et alors ? Où est le mal si j'emmène ma secrétaire avec moi quand je vais à une réunion de travail importante ? Si je ne te l'ai pas dit tout de suite c'est que, pour moi, elle ne compte pas…

Rendue pugnace par le cognac, Mona a éclaté d'un rire méprisant :

— Quel macho tu fais ! Une secrétaire compte si peu que coucher avec elle n'a aucune importance et ne mérite même pas d'être mentionné. C'est ça ?

— Mona, mais qu'est-ce qui te prend, tu es folle ! Tu sais bien que, pour moi, il n'y a que toi…

D'une certaine façon, il disait vrai, Mona le savait. Mais, d'un autre côté, comment l'accepter ? Il y a certes des femmes qui s'accommodent des « extras » que se permet leur mari au bout de quelques années de mariage, voire même tout de suite. Reste que quelque chose en elle s'y refusait : elle n'était pas de ce genre-là. Elle ne pouvait pas l'être. Était-ce son enfance, la petite fille pure et aimante qu'elle avait été, et qu'au fond d'elle-même elle était restée, qui protestait ? Son être entier se révoltait à l'idée de tolérer sans réagir que l'homme qu'elle aimait, son amant, son mari, puisse coucher avec une autre.

Bien sûr, il n'a rien avoué.

Et même il a nié farouchement. Du moins a-t-il essayé, car Mona, qui le connaît bien, a trouvé qu'il n'était ni convaincu, ni convaincant. Peut-être parce qu'il s'était mis plus en colère qu'il n'aurait fallu… Si elle s'était égarée complètement, Max aurait ri aux éclats, l'aurait taquinée, aurait tourné l'affaire en dérision et fini par la jeter sur le canapé en la traitant d'idiote chérie et en lui faisant illico l'amour.

Rien de tout ça. L'air buté, vexé, il s'est dirigé vers la salle de bains. Où elle a entendu qu'il se douchait, bonne façon d'interrompre le dialogue et de se donner le temps de réfléchir. A-t-il aperçu l'eau de toilette de Guerlain qu'elle avait déposée bien en évidence sur la tablette du lavabo ? Lorsqu'il est revenu, en peignoir, ayant allumé une cigarette alors qu'il ne fumait presque plus, sa première phrase a été : « Je te jure… »

Mais elle était déjà sur le seuil, son bagage qu'elle n'avait pas défait à la main, et elle a claqué la porte – ce qui fait qu'elle n'a pas entendu la fin de sa phrase. D'ailleurs, il n'a pas essayé de courir après elle pour la retenir. Il est vrai qu'il était en peignoir de bain, le cheveu mouillé. Voilà que Max, si léger, si drôle, était entré dans la pesanteur – celle du mensonge ? Navrant.

Se trompe-t-elle ? se demande-t-elle maintenant.

Mona a besoin d'être seule pour y réfléchir, savoir ce qu'elle ressent tout au fond d'elle-même. Peut-être s'est-elle laissé duper par les apparences ? Si c'est le cas, son mari trouvera le moyen de la détromper et ils repartiront alors sur d'autres bases, après avoir parlé. Ils s'étaient juré fidélité, comme tout le monde, au moment de leur mariage, sans y accorder suffisamment d'importance, tant ils étaient amoureux. On ne voit que soi et l'autre, au début d'un amour, c'est plus tard que le danger peut survenir avec la tentation, le besoin de diversité... Certains y cèdent, d'autres pas.

Oui, Mona a besoin de savoir de quel bord elle est et comment elle entend vivre son mariage. Quand elle sera sûre d'elle, elle pourra discuter avec Max et lui proposer un nouveau, un vrai contrat d'amour et de vie commune. Qu'il pourra accepter – ou refuser. Ce sera à lui de voir.

En tout cas, ce n'est pas le moment d'envisager un changement d'habitation. Avant cela, ils ont un obstacle à franchir.

Vont-ils y arriver ?

Soudain, Mona se met à pleurer, de grosses larmes tombent sur son corsage, puis sur ses mains. Elle ne sait trop ce que ces pleurs signifient... Peut-être vient-elle de faire cette découverte : qu'elle est seule, qu'on l'est toujours ?

Pelotonnée dans le large fauteuil d'une aïeule qu'elle n'a pas connue, elle se dit qu'elle ne trouvera qu'en elle-même le désir de continuer – avec ou sans Max. Personne ne peut l'aider à choisir sa voie, sa vie à venir.

C'est à la fois terrible et grisant. Est-ce cela qu'on appelle la liberté ?

Le téléphone se met à sonner.

XVI

Quand Mona se décide à répondre à son portable, qu'elle a maintenu éteint pendant deux jours, la voix au bout du fil lui paraît inquiète, comme celle d'un parent qui retrouve son enfant perdu :

— Te voilà enfin ! Mais où étais-tu ? Où es-tu ?

— Chez moi.

Sur ce, le ton de son interlocuteur s'exaspère.

— Faux, ce que tu dis ! C'est moi qui suis chez moi, c'est-à-dire chez nous, dans notre appartement de la rue du Dragon, tandis que toi, tu n'y es pas... Où es-tu ?

— À Saintes, répond Mona d'un ton las. Dans ma maison.

— Alors ça, c'est la meilleure ! Qu'est-ce que tu fais là-bas ?

— Je réfléchis. Et puis, comme ça, tu es libre...

— Libre pour quoi faire ?

— Pour me tromper. Avec ta secrétaire.

C'est fou comme on devient vite bas quand la situation l'est ! En plus, si Mona n'a pas dit « Cécile » mais « ta secrétaire », c'est pour mieux le vexer, son trompeur de mari. C'est du moins ce qu'elle espère...

— Mona, tu dis n'importe quoi, il faut que je t'explique !

Elle a raccroché et, quand Max la rappelle sur le portable, Mona ne répond pas. Alors il fait sonner l'autre ligne, celle de la maison, et elle ne répond pas non plus. Elle ne pourrait pas, elle pleure.

« Mariage » est un mot qu'elle adore depuis qu'elle est toute petite : « Ils se marièrent et ils eurent beaucoup d'enfants... » « Se marier », cela sonne comme une fête et c'en est une : beaux habits, flonflons, monceaux de fleurs, de rires, de baisers, des cloches, des gâteaux, du champagne, de la musique... Et voilà que leur si beau mariage est à l'eau. N'existe plus, fracassé comme un oiseau tiré en plein vol.

Mona se le répète, car elle n'y croit pas tout à fait. La voix de Max, tout à l'heure, au bout du fil, était si désolée, par instants si tendre... En fait, c'est surtout lui qui ne veut pas admettre que leur mariage a « du plomb dans l'aile » ; il lui parle comme à une petite fille qui ferait un caprice. En est-ce un ?

Elle se rend à pas lents dans le jardin, si exigu et pourtant si plein de fleurs et d'arbustes de toutes sortes. À l'automne, les fleurs plantées au début de l'été ont gagné en amplitude et sont en pleine floraison. « Comme une belle femme à l'époque de sa maturité », se dit-elle en admirant le tapis des impatiens multicolores, les buissons d'hortensias mauves et bleus. Les roses aussi, les remontantes, sont dans leur deuxième éclat. Certaines têtes sont fanées et elle rentre dans la maison chercher un sécateur pour débarrasser les rosiers des corolles flétries. Ils peuvent « donner » ainsi jusqu'aux premières gelées, tardives en Charente, parfois même inexistantes. Ou alors brusques et décimantes, comme ce qui vient de leur tomber dessus, à Max et à elle.

Elle-même n'y est pour rien, c'est lui, son époux, qui soudain... Mais n'y est-elle tout à fait pour rien ? On dit qu'il n'y a jamais mésentente – qu'il s'agisse d'un couple, ou entre parents et enfants – sans que chacun ait sa part de responsabilité.

Qu'a-t-elle fait ou omis de faire pour que Max soit allé voir ailleurs ? En quête de quoi est-il ? De jeunesse ? Cécile et elle n'ont que cinq ans de différence. De blondeur ? C'est vrai que Mona est brune... Elle secoue ses mèches foncées en « épilant » les géraniums qui ont besoin, comme les rosiers, d'être débarrassés de leurs têtes mortes ou sur le point de l'être. Elle ne va quand même pas croire à des arguments aussi superficiels, et Max n'a pas encore l'âge d'être saisi par le démon de midi !

Ce doit être plus profond. Un désaccord insidieux, inconscient puisqu'elle ne s'est rendu compte de rien et qu'ils se préparaient au contraire à débuter une nouvelle vie.

Elle va pour cueillir les quelques grappes de raisin que la vigne, non traitée, est parvenue à mener à terme, lorsqu'on sonne à la porte.

Mona n'attend personne. Ce doit être l'un de ces démarcheurs qui n'ont aucun scrupule à déranger les gens, et elle s'apprête à le renvoyer plutôt sèchement. Elle aurait pu se trouver au second étage – cela lui est arrivé – et ne descendre à toute allure que pour se trouver face à un vendeur de ci ou de ça, ou à l'un de ces « porteurs de Dieu », si rigides et si convaincus de posséder la vérité qu'ils finissent par faire peine.

Elle ouvre d'un grand geste, pour bien indiquer sa détermination à tout refuser, et se trouve nez à nez avec Laurent Verdier. Il sourit chaleureusement.

— Ainsi vous êtes là ! Est-ce que je vous dérange...

— En fait, je viens d'arriver... Mais entrez.

— Vous êtes sûre que je ne vous dérange pas en débarquant chez vous à l'improviste ? C'est en passant dans la rue que j'ai vu les volets ouverts... J'ai essayé de vous téléphoner, mais cela ne répondait pas.

— J'étais dans le jardin.

— Vous auriez pu être sortie et je vous aurais laissé un mot dans votre boîte aux lettres. Vous avez bien fait de venir, l'automne est magnifique ces jours-ci, mais les actes notariaux ne sont pas encore prêts pour la signature...

— Je ne suis pas venue pour ça.

— Ah bon, vous avez d'autres affaires à régler. Pas embêtantes, j'espère ? Je vous trouve l'air soucieux...

— Je n'ai pas envie d'en parler.

— Pardonnez-moi si je vous parais indiscret... Je vais l'être encore : vous êtes seule ?

— Tout à fait.

— Alors je vous invite à dîner. Croyez-moi, cela vous fera du bien. Je connais une sorte d'auberge du côté de Taillebourg, on y mange sur une terrasse en planches qui borde la Charente, notre fleuve si tranquille – en tout cas en ce moment... N'oubliez pas que c'est la saison des huîtres et des magrets... Cela vous dit ?

— Écoutez, j'avais prévu...

— Quoi donc ?

— Rien. Vous avez raison : autant que je sorte.

— Avec le premier qui vous invite ?

— Ne dites pas ça, Laurent, j'ai plaisir à vous voir et si ce n'était pas vous, je refuserais.

— Alors prenez un châle, une veste, la nuit tombe plus vite en cette saison, et venez : je vous emmène.

Mona va chercher son châle blanc et mousseux, qui lui donne l'allure d'une vierge Renaissance. Elle prend aussi ses clés, rien d'autre. Surtout pas son portable, posé bien en vue sur la table de la véranda et qu'elle fait exprès d'oublier. Qu'il sonne dans le vide, cela lui apprendra !

XVII

La nuit est tombée, la bouteille de rosé du Var presque vide, et leurs visages à peine éclairés par un photophore entrent dans l'ombre, quand Mona lâche la vérité à Laurent. Tout à trac, alors qu'ils parlaient d'autre chose : du château de Taillebourg dont il ne subsiste que la terrasse, des inondations récurrentes qui recouvrent non seulement les berges du fleuve mais les prés alentour jusqu'à des niveaux inimaginables, de la beauté des lieux.

— Max me trompe.

— Pardon ?

— Mon mari couche avec sa secrétaire.

C'est si brutal, et même trivial, que sous le choc Laurent Verdier ne réagit pas. S'il fumait encore, il est probable qu'il allumerait une cigarette, mais comme il y a renoncé, il se contente de se verser le fond du vin rosé sans en proposer à son invitée, ce qui n'est pas dans ses habitudes, et de vider son verre d'un trait.

— C'est récent ? finit-il par demander en conservant le ton de la conversation banale.

Seul le temps qu'il a mis à répondre a manifesté son trouble.

Mona aussi parle normalement, presque avec froideur.

— Je n'en sais rien, je viens seulement de le découvrir.

— Et c'est pour ça que vous êtes ici ?

— Exactement. J'ai trouvé dans sa poche un billet de chemin de fer aller et retour Paris-Londres. À leurs deux noms.

— Voyage d'affaires, peut-être ?

Là, Mona ne peut s'empêcher de rire :

— C'est ce que Max, qui ne m'en avait rien dit avant que je trouve ce billet qu'il avait malencontreusement conservé, a tenté de me faire croire... Vous, les hommes, vous avez recours aux mêmes trucs ! Voyages d'affaires, rendez-vous à l'extérieur... Ce coup-là, ça n'a pas pris et il a été contraint d'avouer.

Verdier, lui aussi, veut donner de la légèreté au tour qu'a pris la conversation.

— N'avouez jamais !

— La preuve de son mensonge, je l'avais sous les yeux et elle était trop patente. Et pourquoi m'aurait-il dissimulé son bref séjour à Londres s'il était innocent ? Sans compter que mon mari n'est pas un vrai menteur. Il le sait et, voyant qu'il ne s'en tirait pas, il a choisi une autre tactique : il m'a dit que cet écart n'avait pas d'importance.

— C'est probablement vrai. Pour lui. Mais pas pour vous, à ce que je comprends...

— C'est ce que j'essaie de déterminer... Depuis que je suis ici, je réfléchis, je m'interroge : est-ce que je peux accepter ce que tolèrent la plupart des femmes : que mon mari, tout en m'aimant, aille coucher ailleurs ?

— Et vous en êtes où, de votre recherche ?

Mona a détourné la tête vers le fleuve qui coule sans trêve ni repos, comme le temps de la vie. En emportant scories, branches mortes, cadavres s'il y en a, dans son cours indifférent...

— Je ne sais pas encore.

— Puis-je me permettre d'apporter quelques éléments personnels à votre réflexion ?

— Allez-y.

— Il me semble qu'il y a deux volets à considérer dans une telle affaire : l'un est le mariage, l'autre l'amour. Le mariage peut accepter et même parfois s'enrichir de ce qui, pour l'amour, est une souffrance qu'il tolère mal.

Mona cherche les yeux de l'homme dans lesquels brille la lumière du photophore.

— Merci. Vous venez de mettre de la clarté dans cette confusion où je me perds. C'est exactement ce qui me travaille ; je me demande ce qui est le plus important pour moi : mon amour ou mon mariage. Jusque-là, les deux ne faisaient qu'un… Ils se sont violemment séparés et je vais devoir choisir.

— Cela signifie quoi ?

— Ou je me contente de conserver notre lien conjugal, qui subsiste, car nous nous entendons bien, Max et moi, nous avons toutes sortes de points communs, sans compter les souvenirs. Ou alors, au nom de l'amour, je le quitte…

Ces derniers mots sont énoncés d'une petite voix presque enfantine.

— Je crois que vous n'êtes pas encore mûre pour prendre une telle décision, lui dit Verdier.

Il a posé une main forte et chaleureuse sur celle de Mona qui tripotait nerveusement un reste de pain sur la table. Non que l'homme cherche à lui faire la cour, mais comme pour l'assurer de sa protection.

Son père en aurait fait autant s'il avait encore été vivant, se dit-elle ; or rien n'est aussi apaisant, quand on a le cœur troublé, que le réconfort que vous apporte un homme tranquille.

— Allez, je vous raccompagne, vous avez besoin de

vous reposer, d'autant plus que les moustiques se lèvent, maintenant que le soleil est couché. Il s'agit de battre en retraite !

Docilement, Mona se drape dans son châle et suit Verdier jusqu'à la voiture. Elle sent qu'elle va pouvoir mieux dormir, cette nuit-là, que les précédentes. C'est qu'elle n'a plus l'impression d'être tout à fait seule dans sa peine : même s'il ne saurait la partager, quelqu'un la comprend.

XVIII

Ils sont assis sur un talus d'où leur regard survole les vastes pâturages ceints de barrières électriques où, par deux, trois, quatre, les nombreux chevaux de l'élevage de Laurent Verdier broutent paisiblement.

Cette tranquillité n'est qu'apparente : la gent chevaline, dont les yeux situés de part et d'autre de la tête visualisent un vaste champ circulaire, est perpétuellement sur le qui-vive. Depuis des millénaires, dans les pampas, les steppes, les grands espaces, toutes espèces de prédateurs ont contraint les troupeaux d'herbivores qui se savent sans défense à ne compter que sur la fuite pour assurer leur sécurité.

Ici, sauf quelques chiens pour la plupart amicaux, nulle intrusion à redouter. Toutefois, les chevaux sont contenus dans un espace restreint, et ils en tiennent compte : aucun ne va au contact du fil qui dispense une déplaisante décharge électrique ; une ou deux expériences leur ont suffi pour comprendre qu'il y a là un ennemi invisible, mais opérant.

— Ils doivent en souffrir, dit soudain Mona.

Comme elle n'a pas fait part à son compagnon de l'enchaînement de ses pensées, il la dévisage, interdit :

— Qui souffre ? De quoi ?

— Les chevaux ! Quand ils ne sont pas dans le

même enclos, ils ne peuvent s'approcher les uns des autres. Tandis qu'ils se touchent, se flairent, cabriolent ensemble dès qu'ils sont réunis… Dans vos prés, ils ont de l'espace, certes, mais il est restrictif ! Vos animaux s'y trouvent comme dans un zoo : faussement libres… Quant aux boxes où ils passent souvent la nuit, c'est comme des cages !

— C'est le sort de toutes les bêtes qui vivent dans la compagnie des hommes : protégées, nourries, soignées, mais limitées dans leurs déplacements, lesquels leur seraient funestes. Dès qu'un cheval s'échappe, on le retrouve sur les routes en grand danger de se faire écraser…

— N'empêche que c'est triste !

— Toute domestication est triste. C'est sans doute la raison pour laquelle de plus en plus d'hommes et de femmes partent seuls sur les océans, dans les déserts, sur les banquises afin de se sentir libres. En danger, certes, mais libres.

— Vivre seul… murmure rêveusement Mona.

— Vous le pourriez ?

— Je me le demande.

Laurent se lève, lui saisit la main pour l'inciter à reprendre pied :

— Voulez-vous que nous prenions de la hauteur ?

Mona rit :

— Vous trouvez que nous en manquons ?

— La Charente coule à plat, vous avez dû le remarquer…

— Disons que son paysage est doucement vallonné…

— Si on veut le dominer, il faut escalader un clocher ou un autre, mais l'ascension est pénible. J'ai plus charmant à vous proposer…

— Où cela ?

— Au cœur de la ville. Toutefois, il faut commencer par traverser… une bibliothèque !

— C'est l'esprit que vous avez l'intention d'élever en moi ?

— Mais aussi le corps ! Venez, ensuite je vous ramènerai chez vous, c'est sur le chemin.

« C'est drôle, se dit Mona en se hissant dans le véhicule de Laurent Verdier, je viens de parler à cet homme de la tristesse que j'éprouve à voir des créatures vivantes parquées, et voilà que je me laisse moi-même conduire sans même savoir où l'on m'emmène… Y a-t-il en moi une bête domestiquée depuis tellement de millénaires que la prise en main lui plaît ? Cette bête s'appellerait-elle femme ? »

XIX

C'est sur la place où se mélangent comme ils peuvent l'ancien et le nouveau que se trouve l'entrée de la médiathèque dans laquelle Laurent entraîne Mona.

Passant devant le bureau d'accueil où deux jeunes femmes leur sourient, Laurent se dirige vers une porte vitrée dont rien n'indique la destination : elle ouvre sur une vaste cour qui, d'un côté, comporte des arcades, de l'autre un escalier de pierre sans rampe qui semble ne conduire nulle part.

— Venez... C'est par là !

— Cela mène où ? On ne voit rien.

— Vers un paradis vertical...

Un premier palier escaladé, Mona a la surprise de se retrouver sur la mince allée sablée d'un jardin à étages.

— On se croirait dans une villa italienne !

— Les jardiniers d'ici sont des as ! Ils ont utilisé ce qui, au départ, était une falaise abrupte sur laquelle ne croissait que la mauvaise herbe, pour en faire un dégradé de fleurs et d'eau... N'allez pas trop vite, ici il faut tout examiner par le menu. Et gardez votre souffle : il y a d'autres escaliers à gravir jusqu'au sommet...

— Quelle variété dans autant de petitesse... On dirait un jardin bonzaï !

— Vous avez le sens des mots, jolie dame, et ce n'est

pas ce que j'apprécie le moins en vous. L'homme vit de pain et de mots, or on oublie parfois de lui offrir ces paroles qu'il prend plaisir à recevoir...

— Comment se fait-il qu'il n'y ait que nous dans un endroit aussi extraordinaire ? N'y aurait-il que vous à en connaître le secret ?

— Ce jardin ne se devine nullement depuis la rue... De plus, il faut se donner un peu de mal pour escalader ses marches et ses rampes, et les gens d'aujourd'hui répugnent à l'effort... Vous avez remarqué que, sur n'importe quelle plage, il suffit de faire cinquante mètres à pied pour fausser compagnie à tous les autres estivants... Pareil en forêt : les automobilistes pique-niquent sur le bord de la route alors qu'ils n'auraient qu'à s'enfoncer d'un rien dans les sous-bois pour se retrouver parfaitement seuls...

— Et heureux de l'être !

— Probablement pas, et c'est d'ailleurs pour cela qu'ils n'y vont pas... La foule aime la foule, qu'elle-même sécrète et nourrit.

— Et vous ? Est-ce que vous aimez la solitude ?

Ils sont presque au dernier niveau, assis sur un banc de pierre face à un minuscule bassin rectangulaire où de minces jets d'eau retombent sur quelques plantes aquatiques, joncs et nénuphars.

— Ce que je préfère à tout, c'est n'être qu'à deux dans la compagnie de quelqu'un que j'aime...

Mona sourit en feignant de ne pas le prendre pour elle.

— Vous avez raison, mais c'est sans doute ce qu'il y a de plus rare. Autant que ces fleurs que je ne connais pas... Comment se nomment-elles ?

— Celle-ci est une sauge bleue, la rouge est plus commune, et ces hampes mauves appartiennent à une espèce particulière de muflier...

— J'aime aussi ces rosiers couvre-sol et tous ces petits buis taillés en boules, en pointes, en spirales. On dirait un jeu de piste... On monte ?

Quelques marches encore et, accoudés à une dernière rambarde, Laurent et Mona dominent les toits de la ville, ses clochers, ses terrasses, ses balcons fleuris, au loin ses collines.

Mona est dans le ravissement :

— C'est comme lorsqu'on est à Rome et que, d'une terrasse, on plonge le regard sur toutes les autres...

Laurent rit :

— Restons modestes : bien que de fondation gallo-romaine, notre ville est minuscule par rapport à la capitale des Césars...

Tournant le dos à la vue, Mona dévisage son compagnon :

— Le bonheur, Laurent, a-t-il une taille ? Y a-t-il de grands bonheurs, et d'autres qu'on peut qualifier de moyens ou de petits ? Si oui, à quelle échelle peut-on les mesurer, les comparer ? Avec ce soleil couchant qui nous noie dans sa lumière rose, je me sens autant transportée ici que je l'ai été à Rome ! Je vous remercie de m'y avoir amenée...

Laurent devient grave :

— Moi, c'est de votre compagnie que je vous remercie, Mona. Vous savez ajouter un surcroît de beauté et de tendresse à ce qui en avait déjà...

XX

Mona est en tenue pour monter à cheval lorsqu'on sonne à la porte et elle se précipite pour ouvrir à Laurent Verdier, croit-elle, qui doit venir la chercher pour l'emmener au Clos des Essarts afin de l'y remettre en selle. « Bon pour le moral », lui a-t-il dit.

Mais ce n'est pas lui qui est là, c'est Max !

Les époux restent face à face, quelque peu ébahis. Mona parce qu'elle ne s'attendait pas du tout à cette visite-surprise, Max étonné de la découvrir en jodhpurs et en bottes avec un joli chemisier blanc, les cheveux retenus par une bande élastique, son écharpe Burberry autour du cou.

— Tu montes à cheval, maintenant ?

— Je montais beaucoup avant de te connaître, et j'ai envie de recommencer... Peux-tu me dire ce que tu fais là ?

— Rien d'extraordinaire : je suis venu voir ma femme.

— Tu aurais pu t'annoncer, non ?

— J'ai besoin d'avertir, quand je me rends auprès de ma femme ?

— J'aurais pu être sortie. J'allais le faire. Entre.

Max est resté sur le seuil, il n'a pas de bagages. Il pénètre dans la vieille maison avec ce regard vite détourné qu'il lance au cadre chaque fois qu'il est là : en a-t-il peur ? Est-il dégoûté par ce qu'il appelle « ce fatras de vieilleries » ? Parmi lesquelles il y a le portrait de ma grand-mère, de mon grand-père, et certaines affaires de mon père encore dans les armoires, se dit Mona. Vieilleries si l'on veut, mais aussi trésors de mémoire... De la sienne, en tout cas.

— Je suis venu te chercher. La voiture est garée devant. Fais ta valise, on part tout de suite, j'ai un rendez-vous à Paris ce soir.

Bousculée par ce diktat conjugal, Mona se laisse tomber sur le premier siège venu. Une bergère recouverte d'un vieux velours rouge à côtes.

— Tu ne manques pas de culot ! Et tu penses que je vais tout lâcher dans la minute parce que tu m'as fait signe de te suivre comme font les nababs polygames à l'une de leurs épouses ? À propos, est-ce avec Cécile que tu as rendez-vous ce soir ? À moins qu'elle ne soit dans la voiture à t'attendre ?

— Mona, s'il te plaît, ne sois pas aussi agressive... Je compte parler avec toi pendant qu'on roulera. En cinq cents kilomètres on aura de quoi dialoguer, s'expliquer...

— Et si cela ne marche pas, que se passera-t-il ? Il ne me restera qu'à ouvrir la portière et à sauter ? À moins que tu ne m'abandonnes sur une aire de repos ?

— Tu me détestes à ce point ?

— Je ne te fais plus confiance, c'est tout.

— Tu ne penses pas que tu exagères ? Tout démolir entre nous pour une incartade ?

— Imagine-toi que c'est pour réfléchir à ton « incartade » que je suis venue ici ! Et aussi pour m'interroger sur moi-même : en quoi suis-je coupable, car je le suis peut-être ? T'aurais-je déçu, négligé ? Il aurait mieux valu que tu me laisses aller jusqu'au bout de ma retraite, car c'en est une...

À ce moment, on sonne à nouveau à la porte. Comme Mona, assise, semble hésiter à aller ouvrir, Max, debout, se dirige vers la porte d'un pas sûr et l'ouvre toute grande... sur Laurent Verdier.

L'homme est lui aussi en tenue de cheval, avec une écharpe Burberry autour du cou. Comme Mona.

— C'est ta retraite dans la solitude qui se pointe ! s'écrie Max à la cantonade... Entrez donc, monsieur, dit-il à l'intention de Verdier, moi je suis le mari... Et vous ?

Verdier a d'emblée saisi la situation : il débarque au milieu d'une scène conjugale, que sa présence ne va pas arranger, mais risque au contraire d'aggraver.

— Je suis venu chercher Mme Embard pour lui donner une leçon d'équitation. Mais si cela ne convient pas aujourd'hui, puisque vous êtes ici, monsieur, on peut très bien remettre...

Sous les paroles de courtoisie perce une certaine insolence. Peut-être aussi un désir de provocation : « Si Mona est d'accord... », ajoute-t-il en l'appelant exprès par son prénom et en lançant un regard du côté de la porte du salon, comme s'il attendait de la voir apparaître afin qu'elle lui fasse part de sa décision.

— Bonjour, Laurent, dit Mona qui s'avance jusqu'à l'embrasure de la porte vitrée, je crois en effet qu'il va falloir remettre notre rendez-vous. Je vous prie de m'en excuser.

— Je comprends parfaitement, dit Verdier qui s'apprête à se retirer. Vous n'aurez qu'à me téléphoner si vous voulez reprendre date. Je reste à votre disposition. Au revoir, Mona, au revoir, monsieur.

À peine a-t-il tiré la porte sur lui que Max explose :

— Il t'appelle Mona ! Il est à ta disposition ! Et il

porte la même écharpe que toi, ce vieux bout de chiffon de mauvais goût… Je rêve ! Ou plutôt je vois enfin clair : maintenant, nous sommes à égalité ! Nous allons pouvoir discuter sur des bases saines…

— C'est ça que tu appelles des bases saines : se tromper mutuellement ? Eh bien, tu n'y es pas du tout, Max, cet homme n'est pas mon amant. Je suis fidèle – et il ne le sera pas tant que je ne t'aurai pas quitté !

— Parce qu'il aurait une chance de l'être, si je t'entends bien !

Mona prend soudain conscience de sa réaction : elle n'a pas protesté avec fermeté, éventuellement avec dégoût, à l'hypothèse émise par Max d'une liaison entre elle et Laurent Verdier. Ce qu'elle aurait fait s'il s'était agi d'un homme qui lui déplaisait. Elle a plutôt laissé la porte ouverte à une telle possibilité… À sa propre surprise !

XXI

C'est avec regret que Mona quitte sa culotte de cheval, ses bottes, son chemisier blanc et sa veste de toile grège pour revêtir sa tenue de voyage, mais il lui faut bien suivre Max à Paris. Autrement, elle se mettrait dans son tort, comme ces femmes battues qui quittent les premières le domicile conjugal et que le juge sanctionne.

Pourquoi pense-t-elle au juge ? Ils n'en sont pas à évoquer le tribunal. Toutefois c'est la première idée qui vient aux participants d'un conflit : faire appel à une instance supérieure, quelle qu'elle soit, qui pourra dire qui a tort, qui a raison…

C'est l'attitude si déterminée, si sûre de Max qui a ébranlé la certitude de Mona que c'était uniquement elle la victime. Une fois montés dans la BMW, après qu'elle a eu consciencieusement fermé la maison, ses volets, ses portes, et enclenché l'alarme, Max ne lui a pas adressé la parole jusqu'au péage de Tours. Soit à la moitié du trajet. Ce silence était si pesant que Mona elle-même a pris l'initiative de le rompre.

— Que comptes-tu faire ?

— Rien, que veux-tu que je fasse ?

— Eh bien, la renvoyer !

— Pour quelle faute ?

— Enfin, Max, tu te moques de moi ! Cécile m'a

offensée en couchant avec toi, ma situation est devenue embarrassante : je ne peux pas continuer à croiser la maîtresse de mon mari dans les bureaux, les cocktails, à l'avoir au téléphone dès que je t'appelle ! Comment se fait-il que tu ne te rendes pas compte d'une évidence pareille ?

— Mona, je te l'ai dit et je te le répéterai jusqu'à ce que tu en sois convaincue : c'était un épisode sans conséquence et qui n'aura plus lieu... Cécile est une excellente assistante, elle n'a commis aucune faute professionnelle et je ne peux la licencier sans motif. C'est illégal.

Mona éclate d'un rire triste en détournant la tête vers le paysage boisé des environs de Château-Renault.

— Parce que tromper sa femme ne l'est pas !

— Et courir le guilledou avec un fermier, c'est quoi ?

— Je ne couche pas avec Laurent Verdier.

— Parce que je suis arrivé à temps... J'ai bien vu les regards qu'il te lançait !

— Cela te va, de faire le jaloux !

— Je ne le suis pas, j'observe, c'est tout.

À la station-service d'Orléans, Max s'arrête pour reprendre de l'essence. Tandis qu'il fait le plein, Mona se dirige vers la boutique pour y acheter de l'eau et une tablette de chocolat, ce grand consolateur des chocs affectifs. Son regard erre sur les postes de téléphone, tous occupés : elle aurait envie d'appeler, elle aussi. D'appeler qui ? L'idée s'impose : Laurent Verdier.

Qu'est-ce qu'il lui prend ? C'est qu'elle a envie d'une consolation plus forte que celle du chocolat, et en l'occurrence il n'y a que cet homme qui puisse la lui donner : il sait l'écouter, se mettre à sa place. Ce qui est rare, d'habitude les hommes ne comprennent pas grand-chose à ce qui affecte les femmes.

Et puis elle voudrait lui dire qu'elle regrette de n'avoir pu prendre sa leçon d'équitation ; la jument Amina a dû l'attendre… Pas seulement Amina, son maître aussi, elle en est certaine.

Lorsque Max la rejoint, il se rend d'abord aux toilettes, puis se sert un café à un euro au distributeur. Lorsqu'ils partaient en voyage pour se rendre, en voiture, dans le Midi, en Italie, en Espagne, Mona adorait ces « pauses-café » qu'ils prenaient dans une station-service chaque fois différente. « Pour le *fun* », comme dit Max.

Aujourd'hui, ce rituel n'amuse pas Mona, ni le cadre, ni la tête des autres consommateurs, touristes ou routiers, pères et mères de famille avec leurs progénitures geignardes : « Je veux ci, achète-moi ça… »

Cette vie vouée à la consommation l'agace, elle a envie de quelque chose de plus authentique, d'isolement dans la nature, de ces tâches qu'il faut accomplir à toute heure du jour quand on vit à l'écart. S'occuper de la cuisine, du jardin, des bêtes. L'idée que Max et elle vont se retrouver tout à l'heure dans leur trois pièces de la rue du Dragon lui serre le cœur : même dorée, c'est une cage ! Elle est un oiseau qui regagne sa cage après avoir voleté à l'air libre !

Quand ils remontent dans la voiture, elle dépiaute la tablette de chocolat, en extirpe deux carrés qu'elle tend à Max. Il refuse de la tête.

— J'ai un rendez-vous de travail ce soir, je te l'ai dit. Il y aura sûrement des sandwiches. D'ici là, je ne tiens pas à me barbouiller l'estomac avec du sucré…

Curieux, Mona n'a même pas envie de lui demander si Cécile sera présente. Elle ne pense qu'à une chose : lorsqu'elle sera seule dans l'appartement, elle pourra se permettre de téléphoner. Tranquillement.

Non, pas tranquillement, avec émotion.

XXII

Assise à la terrasse du Café de Flore, proche de la rue du Dragon, y savourant à petites gorgées un chocolat chaud, ce breuvage chaleureux qui a la réputation d'être antidépresseur, Mona se sent pourtant « toute chose », comme disait sa grand-mère lorsqu'elle était perturbée. Être confronté à des événements qu'on ne contrôle plus peut donner en effet l'impression de ne plus être qu'une chose, un objet manipulable par les autres.

Or, qu'en est-il d'elle face à Max ? Il lui a fait l'amour, la nuit de leur retour de Saintes, et, comme il arrive aux femmes qui craignent l'épuisante bagarre que déclenche presque automatiquement un refus femelle aux entreprises du mâle, même si elle ne le souhaitait pas elle s'est laissé faire. Si bien que son mari l'a quittée ce matin en l'embrassant sur le front, sans chercher à vérifier si elle était réveillée, sans doute convaincu que « tout est arrangé ».

Mona sait au fond d'elle-même, où couve une sourde colère, qu'il n'en est rien. Mais si elle s'en est voulu de ne pas protester lorsque Max l'a bousculée, puis prise, maintenant elle pense qu'il lui fallait en passer par là pour se rendre compte à quel point tout est changé entre eux deux. Du moins pour elle. Pendant leur étreinte, elle ne pouvait s'empêcher de penser à Cécile. Où se rencontrent-ils, Max et elle, comment cette fille est-elle au lit ? Elle a l'air si composée, décidée à se montrer souriante, aimable en toutes circonstances avec tout le monde ! S'agit-il d'un masque ? Et lorsqu'elle le laisse tomber, se déchaîne-t-elle soudain telle une bombe sexuelle ?

Lorsqu'on pense de cette façon à « l'autre femme », c'est qu'on se laisserait émouvoir par cette homosexualité qu'on dit à la base de toute jalousie amoureuse. En fait, Mona aurait plutôt envie de la déchirer, cette blondasse qu'elle considère comme sa rivale... Serait-ce ce que les « psys » appellent le refoulement ? Quoi qu'il en soit, elle n'est plus seule avec Max : ils sont trois, leur couple est squatté par l'image d'une autre femme, et elle déteste ça.

Si elle en parlait à Max, il lui dirait : « Arrête de délirer... » Mais comment fait-on pour sortir d'un délire ? « Laisse faire le temps, il arrange tout », ressassait sa grand-mère qui était parvenue, sur le tard, à rester complètement indifférente aux frasques de son coureur de mari. D'ailleurs de plus en plus rares.

Mais Mona n'a aucune envie d'attendre la « fin des temps », l'au-delà de la ménopause, l'avènement du troisième âge pour être enfin délivrée du « monstre jaune » et de son cortège de soupçons, d'inquiétudes... Car en admettant que Max rompe réellement avec Cécile, qu'elle disparaisse de leur vie, renvoyée ou démissionnaire, Mona ne sera plus jamais tranquille. Au moindre retard de son époux, qu'elle perçoive sur lui une odeur suspecte ou tout simplement inhabituelle, s'il commet un lapsus, se contredit, change d'humeur, aussitôt elle se posera des questions. La trompe-t-il encore ? Aurait-il à nouveau rencontré quelqu'un ?

« Jamais plus... » lui a-t-il soufflé, cette nuit, sans préciser à quoi il faisait allusion, mais tous deux savaient qu'il s'agissait de l'infidélité. « Fontaine, je ne boirai plus de ton eau... » Mona se dit que lorsqu'un homme a commencé à aller voir ailleurs, comme l'a fait Max, sans motif particulier, sans vrai désir, pour une raison (s'il y en a une) qui échappe, en fait pour changer de « pré » – « Changer de pré réjouit les veaux ! » dit un autre dicton –, pourquoi diable ne recommencerait-il pas ?

Et puis, le « monstre jaune » de la jalousie n'est pas que son apanage à elle. Quelle scène il lui a faite dans la voiture, alors qu'ils approchaient de Paris, à propos de la vente de la maison !

— Je ne veux pas que tu vendes ta maison à cet homme !

— Lui ou un autre, en quoi cela t'importe-t-il ? Verdier a accepté le prix que j'en demande, cela peut se faire dans les jours, les semaines qui viennent : n'est-ce pas ce que tu souhaitais ?

— Je t'interdis de revoir ce type-là, même pour signer...

— Tu n'as qu'à m'accompagner, si tu ne me fais pas confiance...

— Je ne veux pas le revoir moi non plus !

Mona aurait pu se sentir flattée de faire naître chez son mari des sentiments aussi passionnés ; elle n'a été qu'agacée. Déçue. C'était « petit ». Et parfaitement injuste vis-à-vis d'un homme qui n'avait été que gentillesse à son égard. Plus que ça : qui lui avait manifesté un intérêt, un souci de ce qu'elle était et pouvait ressentir, dont elle lui est reconnaissante. Et sans jamais lui faire la cour... Alors que Max, l'homme qui est ou devrait être son soutien, fait tout le contraire, ces derniers temps : il n'a pas cessé de l'inférioriser, de la blesser...

Même cette nuit, quand il l'a prise quasiment de force. En tout cas, contre son désir. Oui, elle peut se l'avouer maintenant : son désir à elle n'y était pas.

Où est-il passé ? Pour l'instant, elle n'en a qu'un, mais impérieux : savourer son chocolat chaud et, une fois sa tasse vide, puisqu'il en reste un fond dans le petit pot de faïence blanche, s'en resservir.

D'autant que le chocolat restant est plus épais et encore meilleur d'avoir tiédi. « C'est ainsi que devrait devenir un mariage, à la longue, se dit Mona, onctueux jusqu'à en paraître délicieux – même si La Rochefoucauld écrit qu'un mariage ne peut jamais l'être ! »

De fait, ce n'est guère le chemin que prend le sien : il semble même qu'il tourne à l'aigre.

XXIII

« C'est bizarre, se dit Mona en feuilletant inutilement le répertoire posé près du téléphone, je n'ai jamais éprouvé le besoin d'avoir le numéro personnel de cette fille. Pourtant, je notais celui des précédentes secrétaires de Max. Il m'est même arrivé de déjeuner en tête à tête avec l'une ou l'autre. Par sympathie, ou alors pour les aider, si je le pouvais, quand Max me disait qu'il ne comprenait pas ce qui arrivait à Mme Bouvet, laquelle, soudain, oubliait tout, ou à Hélène qui avait tous les matins les yeux rouges... Cela s'arrangeait après explication, coup de main. Sinon, Max devait se résoudre à s'en séparer. Sur mes conseils. C'était ce que je pouvais lui apporter de mieux, en l'occurrence : une sorte de travail social... Mais cette secrétaire-là m'indifférait ! »

Si elle ne trouve pas le numéro de téléphone de Cécile, ce doit être aussi parce qu'elle n'a pas en tête son nom de famille, qu'elle l'écorche : Vabre, ou Fabre, ou quoi encore ?

Mais sa recherche demeure vaine ; elle n'a pas dû l'inscrire, et Max ne l'a pas fait à sa place. Comme si...

« Comme s'il avait perçu dès le départ que cette fille ne me plaisait pas, que je la considérais comme une intérimaire dont il n'était pas nécessaire de retenir l'identité. »

Maintenant elle voudrait la voir. En face à face, hors du bureau. Non pour se lier, Mona n'en a aucune envie, mais pour découvrir qui est exactement la « maîtresse de son mari ». L'expression pompeuse lui arrache un petit rire : ce n'est pas celle qui convient pour désigner la fille, mieux vaudrait dire une « occasion », ou alors une « femme de passage ». Pas vrai non plus : cela va faire presque un an que Max et Cécile se voient tous les jours dans cette intimité scabreuse qui s'établit forcément entre patron et employée isolés à temps réguliers dans une pièce close.

Parfois la secrétaire vient dans le dos de son patron pour mieux lui indiquer un passage dans le document qu'elle lui apporte, alors elle se penche un peu, ses cheveux – souvent Cécile les porte libres – effleurant son épaule, son parfum aux notes orientales, que Mona connaît, flatte les narines de l'homme.

Situation érotique par excellence, si l'on y réfléchit ! D'ailleurs que d'hommes, de patrons, chefs, sous-chefs en profitent ! Y succombent.

Elle-même, Mona, s'y découvre sensible au point de la fantasmer : est-ce à dire qu'elle aimerait être à la place de la secrétaire entreprenante ? Même sans aller jusqu'au lit, rien que pour donner du piquant au travail quotidien ?

Il est impossible qu'en s'habillant, se maquillant, la femme en question ne songe pas à l'homme qui la paie pour qu'elle vienne tous les matins se mettre à ses ordres ! Impossible aussi qu'il ne remarque pas comment elle s'est vêtue, coiffée… Même s'il n'en dit rien et ne lève pas les yeux sur elle, sauf un bref instant afin de vérifier qu'elle est normalement présente, arrivée quelques minutes avant lui. Un indice de sa conscience professionnelle, mais aussi une sorte de défi : « Je suis là pour vous, m'avez-vous vue ? »

Et qui a commencé à provoquer l'autre ? De quelle manière ? Une femme a mille façons de se rendre attirante, par la variété de ses tenues, pantalon, jupe, décolletés, mais aussi par ses gestes, ses intonations... Il y a les jours où elle joue la proximité, ceux où elle mime l'indifférence : « Je fais mon boulot et rien d'autre ! »

Quel homme, même et surtout en plein travail, resterait insensible à ces changements de climat ? Il finit par s'interroger : « Qu'ai-je fait ou pas fait, aujourd'hui, pour que ma secrétaire me traite de la sorte ? Dois-je lui poser la question, feindre de ne rien remarquer, ou l'inviter à prendre un café ? À la machine, alors, pas dehors... »

C'est qu'ils aiment qu'on les aime, les *bosses*, au travail comme hors du travail. Mais ils aiment encore plus faire tomber les barrières si on leur en oppose... Une main sur la nuque, peut-être, alors qu'elle est assise devant son ordinateur ? Ou c'est elle qui lui rajuste son col, sa cravate avant un rendez-vous : « Du monde important vous attend, soyez beau... »

Mona voudrait savoir. Comprendre quand et comment cela s'est fait, entre eux. Et pourquoi elle, à la maison, n'en a rien perçu. Sauf que Max se rendait au bureau avec une excitation nouvelle. Elle se disait seulement que son mari aimait de plus en plus son travail, qu'il jouissait de sa réussite, que c'était une chance pour leur couple qui n'en fonctionnerait que plus amoureusement. C'était d'ailleurs le cas, non ?

Et n'aurait-il pas mieux valu qu'elle ne s'aperçoive de rien ? S'il n'y avait pas eu son malencontreux retour, le jour du voyage à Londres ? Est-ce que tout ne serait pas rentré dans l'ordre, à la longue, la fille finissant par donner sa démission, ayant compris qu'elle n'obtiendrait pas plus qu'une coucherie par-ci par-là ?

« Tenir, disent certaines femmes mariées, il suffit de tenir, on les récupère toujours, nos petits maris ! »

« Il est vrai, se dit Mona, qu'un amour recyclé peut à nouveau servir, mais il n'a plus l'incomparable charme du tout neuf ! »

Maintenant, sa décision est prise : elle va carrément téléphoner au bureau et donner rendez-vous à Cécile à l'extérieur. Pour en avoir le cœur net.

Sur leurs rapports ?

Non, sur ses propres sentiments.

XXIV

« Comment s'habille-t-on pour rencontrer la femme qui plaît à votre mari ? et qui va au lit avec lui ? » se demande Cécile, perplexe, face à son armoire grande ouverte.

Et d'ajouter avec ironie : « Aucun de ces magazines qui se veulent *in* ou *up* ne vous donne de conseils pour cette délicate occasion. Ils doivent penser qu'elle est trop exceptionnelle pour mériter un article, alors qu'elle doit être aussi fréquente qu'un mariage ou un enterrement… »

Après avoir éliminé le noir qui fait deuil – « Je n'ai pas renoncé à Max à son profit, que je sache… » –, les décolletés profonds – « Je ne cherche pas à la séduire ! » –, Mona se décide pour un léger tailleur dans un prince-de-galles beige et gris clair.

D'habitude, elle en orne le revers d'un camélia rouge sang, style Chanel ; aujourd'hui elle va y épingler le clip or et diamants que lui a offert Max pour leur anniversaire de mariage. Un petit bijou en forme d'hirondelle qui lui remonte le moral et agace les autres femmes…

Elle l'aperçoit de loin, dès son entrée dans le café-bar : Cécile est en robe de soie prune à manches longues, froncée à la taille et aux poignets sous une petite veste de fourrure rasée. Féminine en diable ! Telle que Mona ne l'imaginait pas, pour ne l'avoir jamais vue ainsi lorsqu'il lui arrivait de passer au bureau.

« Elle en fait trop pour juste prendre un verre dans un café place de l'Alma ! Que veut-elle prouver ? Qu'elle me vaut bien, toute secrétaire qu'elle est ? J'ai bien fait de me vêtir sobrement, cela a plus de classe… »

Le constater rétablit son assurance, laquelle, d'avoir aperçu Cécile qui l'attendait, sourire aux lèvres, avait quelque peu chancelé.

— Toujours à l'heure, attaque-t-elle. C'est bien ce que mon mari me dit de vous : Cécile est parfaite !

— Dans mon métier, j'essaie de l'être, répond-elle. Mais là uniquement…

— Ailleurs, il vous arrive de déraper, comme à nous toutes ?

L'allusion à son comportement hors du bureau est-elle assez claire ? Cécile a pincé la bouche, saisi son verre de cognac allongé, comme pour s'y accrocher :

— Pourquoi vouliez-vous me voir, madame ?

— Oh, “Mona” suffira, vous n'êtes pas à mon service… J'ai une question à vous poser, Cécile, et elle est simple : quelles sont vos intentions vis-à-vis de mon mari ?

D'abord suffoquée, Cécile se met à rire :

— Vous appelez cela une question simple ?

— Pas vous ?

— Dans cette affaire – ou cette aventure, comme vous voudrez –, il n'y a pas que vous et moi, nous sommes trois… Il me semble que c'est à Max que vous devriez le demander d'abord : que veut-il, lui ?

— Que veut un homme coincé entre deux femmes ? Facile : les garder toutes les deux… Reste à savoir si les femmes l'acceptent. Moi pas. Et vous ?

— Mona, si vous ne vous en étiez pas aperçue, il ne se serait rien passé… D'ailleurs, nous n'avons parlé de rien, Max et moi, il n'y a eu que des faits et gestes, pas de paroles... Je pense que, pour lui, c'était sans importance.

— Et pour vous ?

Un visage qui se referme, un air absent.

— Ce sont mes affaires...

« Ne me dis pas que tu es amoureuse de mon mari, ou je te tue ! pense brusquement Mona. Moi seulement ai ce droit... Les autres femmes n'ont que celui de lui tourner autour pour le flatter et m'embêter... Mais l'amour, la passion, pas de ça : chasse réservée à son épouse ! »

— Soyons factuelles, Cécile : qu'allez-vous faire ? Démissionner ?

— Je ne traite de cela qu'avec mon patron.

— Votre patron est votre amant, ce qui change un peu la donne. Je vais vous dire, Cécile, et là, c'est vraiment simple : ou vous partez, ou je divorce.

N'a-t-elle pas tort de dévoiler à ce point son jeu ? Cécile se redresse, quitte sa fourrure dans laquelle elle devait commencer à avoir chaud, ce qui permet à Mona d'apercevoir à son épaule un clip en diamants, plus petit que le sien, certes, mais d'une facture très semblable : un écureuil !

La femme la regarde bien en face, avec le sourire d'une joueuse de poker qui se sait des atouts, même si ce n'est pas le flush royal :

— C'est une menace ? ou alors une promesse ?

Mona se lève, jette un billet sur la table :

— À vous de voir !

Puis elle sort.

Remontant à pas vifs l'avenue Marceau, elle s'interroge : au fond, que lui a apporté cette confrontation ? D'ailleurs, qu'en attendait-elle ? Rien de bien précis au départ ; toutefois, elle en a obtenu quelque chose : la découverte que cette fille pouvait faire le poids face à Max.

Cécile est comme lui une joueuse, une bagarreuse, ce qu'elle, Mona, n'est pas. Ces deux-là ont le même besoin : s'inventer quotidiennement de petits défis – ou même des grands : elle a tort de vouloir à tout prix les diminuer ! –, histoire de meubler leur vie...

Mona, pour son compte, n'a pas besoin de meubler sa vie ; si elle a un désir, c'est de se trouver un cadre dans lequel elle pourrait se déployer comme un libre oiseau que rien n'entrave.

Doit-elle, pour y arriver, commencer par souffrir ?

XXV

« Quand je narrerai cette histoire à mes petits-enfants, ils ne voudront pas me croire… Ce fut un véritable enlèvement, comme dans les contes de fées ! » se dit Mona alors qu'elle galope, cheveux au vent, sur la jument Amina.

Elle a demandé à Laurent la permission de partir seule à cheval, à travers prés et champs, maintenant qu'elle connaît un peu le terrain, et il la lui a accordée.

— Emportez quand même votre portable, vous pourriez rencontrer une branche basse, ou bien, si vous mettez pied à terre, Amina peut vous échapper, bien que ce ne soit pas son genre… Au fait, si vous vous perdez, laissez-la faire, c'est elle qui vous ramènera !

— Puisque vous avez si peur pour nous deux, c'est d'accord ! a dit Mona, souriante, du haut de sa monture, en empochant le petit appareil que l'homme lui tendait.

Après un temps de galop sur une allée rectiligne à travers une forêt de chênes et de pins, la cavalière s'est mise au pas à la vue d'un petit étang bordé d'une végétation aquatique qui lui a donné envie de s'en approcher. Sautant à terre, elle a saisi la jument par les rênes pour la conduire jusqu'au bord de l'eau où l'animal a un peu bu, puis elle s'est assise sur une souche après avoir attaché Amina à un arbre.

Là, dans le calme champêtre que seul trouble le chant des oiseaux, elle reprend peu à peu son souffle. Ce n'est pas la galopade qui le lui a fait perdre, c'est plutôt le cours des derniers événements qui l'a emportée plus vite qu'elle ne l'avait pensé. Prévu. Voulu.

À aucun moment elle ne s'était formulé qu'elle souhaitait quitter Max, même si la poursuite d'une vie commune ne lui semblait plus possible, et elle ne s'y était pas préparée. Max paraissait si convaincu que tout était redevenu comme avant et que ce qu'ils venaient de traverser n'était qu'une « crisette » comme en connaissent tous les ménages. Ébranlée par son assurance, Mona ne se voyait pas lui lançant de but en blanc : « Je te quitte ! »

Toutefois, elle éprouvait de moins en moins le goût de demeurer chez elle à s'occuper, comme elle le faisait jusque-là, de soigner et embellir leur intérieur. Aussi avait-elle pris l'habitude de sortir tôt le matin, après le départ de Max pour son bureau, et elle allait prendre un chocolat au Flore avant d'entreprendre une longue marche dans Paris, parfois jusqu'au soir. Par le boulevard Saint-Germain, elle rejoignait les quais, le pont Henri-IV, elle traversait la Seine pour se retrouver dans l'île Saint-Louis, puis, rive droite, pénétrait dans le quartier du Marais dont le mystère, l'enchevêtrement des rues et ruelles s'accordait à ses pensées.

Ce jour-là, après être descendue par une rampe en pente douce, quai d'Orléans, sur les berges de la Seine, Mona s'assoit sur un banc à la pointe aval de l'île, et, de là, elle contemple Paris qu'une brume de beau temps noie dans les lointains. Que se passe-t-il en ce moment au Clos des Essarts ? Les chevaux doivent être au pré en attendant d'être montés par Laurent ou par son aide, ou par l'un de ceux qui viennent de plus en plus nombreux se familiariser avec l'équitation.

Comme elle regrette de n'avoir pu faire la promenade qu'elle projetait lorsque Max a si soudainement débarqué ! Cette occasion ne se représentera sans doute jamais ! C'était « trop beau », comme disent les enfants. Et ça semblait si simple. Depuis tout s'est compliqué, décomposé jusqu'à pourrir...

Elle n'a pourtant pas revu ni entendu Cécile, celle-ci n'a pas téléphoné à la maison et Mona n'a pas appelé au bureau pour s'épargner de tomber sur elle. Toutefois, l'image de sa rivale lui reste détestable. Tant que cela ? Tout à coup, il semble à Mona que s'il devait lui arriver de l'entrapercevoir elle s'en ficherait... Une péniche passe le cap de l'île, voguant peut-être vers l'estuaire du Havre, si bellement ouvert sur le large... « Mais moi aussi, se dit Mona, étonnée, je suis comme ce bateau, je m'en vais ! Je pars ! C'est fait : je suis détachée ! »

De la vente de la maison de Saintes, il n'était pour l'instant plus question : elle avait résilié son contrat avec l'agence immobilière et Laurent Verdier, l'acheteur potentiel, ne l'avait pas rappelée.

Avait-il renoncé au projet, ayant perçu l'hostilité de Max à son encontre, ou bien s'était-il ravisé et ne songeait-il plus à cet achat ?

Lors d'une de leurs rencontres, il lui avait confié avoir habité quelque temps dans l'île Saint-Louis avant de prendre la décision de se retirer – ou faut-il dire « prendre le large » ? – dans les Charentes. Avec son épouse, laquelle, rapidement lassée de la province – ou, ce qui était pire à ses yeux de citadine : de la campagne –, avait fini par rentrer à Paris et, ne voulant plus revenir, avait demandé le divorce. Qu'il lui avait accordé de bonne grâce.

— On ne peut forcer quelqu'un à partager vos goûts... Ainsi, moi, je ne supporterais plus de vivre à Paris, fût-ce dans l'île Saint-Louis que j'ai pourtant beaucoup aimée. Vous connaissez ? Si un jour je dois me rendre dans la capitale, je vous y emmènerai : cette petite île a conservé on ne sait trop comment le charme du passé ; sans doute soutenue, hantée par l'ombre de tous les poètes qui y ont vécu à une époque ou une autre… C'est un lieu pour les cœurs éperdus, ou brisés, les rêveurs, ou alors pour les amoureux…

Ouvrant grand ses poumons, elle aspire l'air frais venu du fleuve à plusieurs reprises, quand son portable se met à sonner. La jeune femme n'a pas envie de répondre, mais comme la sonnerie insiste, persiste, et même se renouvelle, elle finit par extirper le petit appareil de son sac.

— Allô !

— Bonjour !

La voix est familière. Toutefois elle ne voudrait pas se tromper :

— Qui m'appelle ?

— Votre paysan… Comment allez-vous, Mona ?

Maintenant qu'elle sait avec certitude qui est au bout du fil, sans qu'elle comprenne pourquoi, son cœur bat plus vite. La surprise sans doute.

— Je vais bien.

— Oui, je le vois.

— Comment ça, vous voyez ?

— Je vous aperçois…

— Que voulez-vous dire ? Où êtes-vous ?

— Regardez juste en face, de l'autre côté de la Seine.

Ce que fait Mona, et elle finit par distinguer une grande silhouette qui agite les bras sur le quai de l'île de la Cité face à elle ! Comme un sémaphore.

— Laurent, que faites-vous là ?

— La même chose que vous, je présume : je regarde couler l'eau du fleuve… Si vous voulez de moi, nous pourrions le faire ensemble ! Tels deux pêcheurs à la ligne…

— Je n'ai pas vu grand-chose d'intéressant jusqu'ici, sauf vous !

— Alors ne bougez pas, j'arrive.

Il ne faut à l'homme que peu de temps pour franchir la passerelle qui sépare les deux îles, descendre sur le quai et rejoindre Mona qui n'a pas quitté son banc.

— Que faites-vous à Paris, Laurent ? Je croyais que vous n'aimiez plus du tout cette ville ?

— À vrai dire, je suis venu vous chercher ! C'est urgent.

— Comment ça ? Que se passe-t-il ?

— Amina s'ennuie de vous, votre maison également ! Je le sais pour y être allé puisque vous m'en avez laissé les clés et le droit d'y entrer... Elle m'a parlé de vous, ce qui moi aussi m'a rendu nostalgique : nous avons tous besoin de vous, là-bas ! Vous nous manquez...

Mona sourit : si quelqu'un se languit de tout ce que vient d'évoquer Laurent – sa maison, la région... –, c'est bien elle ! Mais elle préfère ne pas l'avouer...

— Comment saviez-vous que vous me trouveriez ici ?

— Je me suis rappelé vous avoir dit que lorsque je vivais dans ce quartier, j'avais parfois le spleen en pensant à la nature, à l'espace, au bonheur que j'aurais à vivre autrement, ailleurs... Et que j'allais rêver précisément sur le banc où vous êtes... Vous m'écoutiez, m'a-t-il semblé, avec intérêt... Soudain je me suis dit : « Je vais voir ce qui se passe à Paris ! Si par hasard Mona se trouve dans l'île, sur *mon* banc, c'est qu'elle pense ce que je pensais autrefois : elle aussi a envie de s'échapper ! Dans ce cas je ne la laisserai pas se morfondre »... et me voici ! Venez Mona, je vous emmène.

— Mais où ça ?

— Chez vous...

— Sans que j'aie eu le temps de réfléchir ? Ni de me préparer ?

— Je suis certain que vous avez assez réfléchi ! La Seine et l'île Saint-Louis sont de bon conseil. Écoutez, je suis monté à Paris avec le quatre-quatre, je peux vous conduire en bas de chez vous, si vous voulez y prendre quelques affaires, puis nous filerons droit sur Saintes. Une fois là-bas, vous ferez ce que vous voudrez, mais tout le monde sera content, je peux vous l'assurer. Vous aussi.

Elle a envie de dire : « Et Max, qu'en faites-vous, sera-t-il content, lui aussi ? Il faut peut-être que je lui parle... »

Puis elle se voit discutant avec son mari pour lui annoncer son départ ; ce serait douloureux autant qu'inutile. Il suffit qu'elle lui laisse un mot sur la table de nuit ou sur la commode, comme font ceux qui s'envolent. Pas tous, certains s'éclipsent sans rien dire... Mais ce n'est pas son genre, ni celui de Max : l'un comme l'autre aiment que les choses se fassent dans les règles. Ce qui vaut aussi pour une séparation.

Une heure plus tard, Laurent et Mona roulent sur l'autoroute en direction du péage de Saint-Arnoult. Silencieux. Heureux.

XXVI

À l'arrivée, Verdier ne lui a rien demandé. Ni ce jour-là, ni le lendemain. Il n'a fait que la déposer chez elle, en lui indiquant que si elle avait besoin de quelque chose, elle pouvait l'appeler à tout moment. En fait, Mona sait qu'il attend – qu'il l'attend. Elle sait aussi qu'elle a encore besoin de solitude et de réflexion, avant d'entrer dans une nouvelle vie. Quel qu'il soit, elle veut que son choix soit définitif. C'est pourquoi elle n'entend pas se précipiter.

Et puis elle apprécie ce moment de latence. C'est comme un sas entre son ancienne vie et la prochaine. Elle a le sentiment de redevenir elle-même, la jeune fille qu'elle était avant son mariage. Laurent doit le percevoir : il sourit dès qu'il l'aperçoit pour finir par lui dire : « Vous rajeunissez ! »

— Vous me dites ça tous les jours ! À force, je finirai par avoir dix ans !

— J'aime déjà tous vos âges, il en sera de même pour ceux qui vont venir, n'en doutez pas !

Mona n'ayant pas retenu le nom de famille de la tante Léo, s'était trouvée dans l'impossibilité de lui téléphoner pour la prévenir d'une éventuelle visite. Et comme elle ne voulait rien dire à Laurent de son intention de la revoir seule à seule, il ne lui restait qu'à débarquer chez elle le jour où Laurent s'absenterait de Saintes.

Justement, il lui avait dit devoir se rendre près de Chasseneuil pour présenter sa jument suitée à un concours régional. Il serait parti toute la journée, mais elle pouvait l'appeler sur son portable, en cas de besoin. Ou si elle avait le désir de lui parler.

Mona lui avait assuré qu'elle se sentait bien, paisible, que la quantité de rangements qu'elle avait à faire dans la maison l'occuperait tout le jour et qu'elle n'en aurait pas même terminé le soir : elle en avait pour des semaines, allant de découvertes en surprises – que d'objets insolites dans les tiroirs, de papiers dans la bibliothèque : vieilles correspondances, journaux découpés par son père... Elle avait de quoi s'occuper, rêver aussi ; qu'il ne s'en fasse pas pour elle. Quant à la solitude, elle n'ennuyait pas, au contraire elle en ressentait le besoin.

— C'est drôle, j'ai le sentiment, quand je suis seule, que des parties de moi qui s'étaient comme placées en attente se remettent subrepticement à vivre. Des alvéoles qui ne servaient plus à rien se déplient... Vous pouvez comprendre ça ?

Il l'avait enveloppée de ce regard qui la troublait, méditatif et souriant :

— Je comprends d'autant mieux qu'il m'est arrivé la même chose après ma séparation d'avec Isabelle... Je refaisais connaissance avec des coins de moi que j'avais volontairement oubliés... Des territoires où je m'interdisais d'aller, car cela déplaisait à ma compagne que j'en fasse état.

Puis il avait posé la main sur celle de Mona – ils étaient attablés dans la cuisine de la ferme :

— C'est ce que j'aime avec vous, Mona, vous ne m'interdisez rien...

— Que voulez-vous dire ?

— Je me sens libre d'être moi-même. De dire, bien sûr, ce que j'ai envie de dire, mais aussi de penser à ce qui me plaît... comme cela me vient.

— Mais c'est impossible d'empêcher quelqu'un de penser à ce qu'il veut !

— Si, ma chère, réfléchissez... N'avez-vous pas senti que, par égard pour votre conjoint, pour avoir la paix, vous renonciez à explorer certaines parties de vous, de votre esprit, de votre cerveau ? La censure se fait automatiquement : pour ne pas déplaire ni se sentir en faute...

— À quoi pouvez-vous bien penser quand vous vous aventurez dans vos confins ?

— Je ne vous le dirai pas maintenant, cela risquerait d'être long. Là, il faut que j'aille m'occuper des bêtes...

— Quel bon alibi que les bêtes ! Allez, je vous accompagne, j'aime voir comment les chevaux manifestent discrètement leur plaisir à vous voir approcher.

— Ils attendent leur pitance...

— Pas seulement ; ils aiment que vous leur parliez, que vous les regardiez aussi, en donnant toute votre attention à leurs mouvements, lesquels expriment quelque chose, un contentement, un besoin, une douleur parfois. En somme, que vous vous adressiez à leur personne de cheval...

— Et vous, Mona, vous aimez que je m'adresse à votre personne de femme ?

— Trop, peut-être : si vous ne me retenez pas dans un box, je risque de me mettre à vous suivre partout !

Marivaudage, certes, mais qui les fait s'avancer dans la connaissance l'un de l'autre. Étonnés de s'apercevoir que le plaisir, l'intérêt qu'ils ont à être ensemble, ne se démentent pas.

Toutefois, Mona s'interroge : tout cela est si récent ! Et elle se connaît, elle se sait terriblement exigeante quand elle fait confiance. Est-ce qu'elle ne va pas contraindre à trop cet homme qui ne désire peut-être qu'un flirt sans conséquence ?

C'est pour cela qu'elle aimerait parler seule avec Léocadie : Laurent, son neveu, cette personne l'a vu naître, grandir, évoluer, devenir ce qu'il est. Sans doute a-t-elle une idée sur ce qu'il attend d'une femme, désormais, peut-être sans le savoir lui-même. Ce qu'il est possible de vivre avec lui, et ce qui ne l'est pas.

Mona se rappelle à peu près où est sa maison, elle doit pouvoir la retrouver et elle va y aller au culot, comme on faisait autrefois dans les fermes : le chien prévient de l'arrivée d'un visiteur – parfois c'est un colporteur –, et si on n'est pas d'humeur à ce qu'il entre, on le lui dit du seuil et il repart sans se fâcher. Mona comprendrait.

Toutefois, elle souhaiterait s'entretenir avec cette femme qui pourrait être sa mère. À laquelle le passage du temps a dû apporter comme un pouvoir de divination.

C'est du moins ce qu'à sa première rencontre avec Léocadie en compagnie de Laurent elle avait ressenti.

« Comme si la différence d'âge n'était pas un fossé entre nous, plutôt une complicité supplémentaire : "J'ai été comme toi, semblait dire son silence, et tu seras comme moi un jour, tu verras, la vie passe, mais pas le désir d'amour..." »

Il fallait donc qu'elle la revoie et, assise près de l'étang, Mona revit cette scène dont elle n'a rien dit à Laurent.

Comme on fait encore à la campagne, du moins le jour, Léocadie ne ferme pas sa maison, et quand Mona, lasse de frapper sans obtenir de réponse – à peine l'aboi de l'un des chiens – se décide à en tourner la poignée, la porte s'ouvre.

— Tante Léo, vous êtes là ?

Tout est superbement en ordre dans l'entrée où des chapeaux de toile, de paille, des tabliers, des vêtements de travail, de pluie, sont accrochés à des patères murales au-dessus de bottes en caoutchouc, de sabots à l'ancienne, de charentaises – une panoplie révélant l'activité de la propriétaire des lieux au fil des quatre saisons.

Au bout du couloir s'aperçoit la vaste cuisine où Léocadie les a reçus, Laurent et elle avec la courtoisie empressée des solitaires qui font face à une visite impromptue. Mais où est l'habitante ?

Mona s'approche du bas de l'escalier, avec dans ses jambes les chiens qui l'ont reconnue, et elle appelle :

— Vous êtes là, tante Léo ? C'est Mona…

— Oui, oui, je suis là ! Je descends, je ne vous avais pas entendue, ma fille ! C'est que je deviens un peu sourde et j'étais dans le grenier à y accrocher mes tresses d'ail, dit la tante Léo en descendant une main sur la rampe. Vous êtes seule ? Où est Laurent ?

— À un concours hippique, en fait une présentation de chevaux où il a conduit Justine et son poulain…

— Laurent et ses bêtes !

— C'est sa passion, non ?

— Disons son occupation… La passion, c'est autre chose… Venez, je vais vous donner un bol de ma soupe qui mijote sur la cuisinière. À moins que tu ne préfères une tasse de chocolat. Je te tutoie, tu veux bien ?

— Je vous en prie, cela me fait plaisir, et je veux de votre soupe, on la hume d'ici. Ce sont vos légumes ?

— Et aussi mon laurier, mon thym. Je la sale au gros sel de l'île de Ré… Toi, tu n'es pas venue par hasard, tu as quelque chose à me demander…

Mona s'est assise sur l'un des deux bancs de bois qui entourent la longue table de la cuisine et elle se met à rire :

— Vous êtes sorcière, tante Léo !

— Comme tous ceux qui vivent entourés de bêtes et de plantes. On apprend à déchiffrer les êtres quand on demeure seul avec la nature… C'est Laurent qui t'inquiète ?

— Je crois plutôt que c'est moi… Je me demande…

— Si tu l'aimes ?

— Si je suis capable de l'aimer comme il le mérite. C'est un homme qui a souffert, je ne voudrais pas le décevoir.

Léocadie a sorti du vaisselier deux gros bols de faïence qu'elle remplit à la louche d'un épais potage fumant.

— Et toi, tu n'as pas souffert ? Tu n'attends pas quelque compensation ?

— En fait, je m'en veux ! Quand j'ai épousé Max, je lui ai promis amour, aide, soutien…

— Et fidélité, comme de juste !

— C'est lui qui m'a trompée ! Une affaire qui n'aurait pas eu de conséquences si je ne m'en étais pas aperçue, j'imagine… Et voilà que je n'arrive pas à lui pardonner, alors qu'il s'en excuse, me supplie de revenir à lui… Être aussi intransigeante, ne pas vouloir comprendre, ne tolérer aucun écart, est-ce l'amour que je lui avais promis ? Si je suis ainsi, je ne pourrai rendre aucun homme heureux…

Léocadie reste un instant sans répondre tandis qu'elle porte à sa bouche plusieurs cuillerées de soupe. Puis elle repousse son bol, pose ses coudes sur la table :

— Écoute-moi, ma petite fille, je vous ai vus ensemble Laurent et toi, et j'ai bien senti que ce qui a lieu vous dépasse, sans que vous en ayez vraiment conscience. Ni lui, ni toi…

— C'est quoi…

— La passion… la passion amoureuse… et ce n'est pas par orgueil ou par entêtement, c'est par honnêteté que tu ne veux pas revenir à ton mari – si tu le faisais c'est toi qui le tromperais, et pas seulement sur le plan des sens comme il l'a fait, ce serait absolument…

— Mais c'est quoi, la passion ? Laurent ne m'a presque rien dit, je ne lui ai rien dit non plus… On se connaît à peine. Il s'est conduit comme un ami à mon égard, guère plus…

— C'est une attirance irrésistible. Comme celle d'une aiguille magnétique qui a trouvé son pôle. J'ai eu ça avec mon mari, au premier regard, alors que j'étais fiancée à un autre… Je ne te dis pas le drame familial, le scandale même… Lui était déjà marié, avec un enfant. On a tout plaqué, tout brisé, on s'est mis ensemble. Et puis ça a été fini !

— Comment ça, fini ?

— On a plus rien vécu d'autre que nous deux, à tout instant, tout moment… Même maintenant qu'il est mort cela continue. On était comme…

Léocadie est devenue très belle soudain, illuminée de l'intérieur, elle colle ses mains l'une contre l'autre :

— Soudés… oui, c'est ça, on ne faisait plus qu'un, jamais une dispute, jamais un effort… Tout nous était commun et en même temps surprise. Jamais je ne me suis ennuyée avec lui, chaque matin je le découvrais pour la première fois…

Mona devient pensive, va-t-elle oser poser la question ? Elle se lance :

— Et le corps ? Il ne se lasse pas avec le temps ?

— Tu veux dire le désir ? Ce qu'il y a de plus miraculeux dans la passion, pas toujours, mais dans certains cas, c'est qu'elle se transforme en amour. Et avec l'amour, tout est possible, tu as toujours envie de l'autre… que tu appelles ça désir ou tendresse… besoin de contact, de caresses, de paroles. Tiens, comme le chien.

L'animal est venu poser sa tête sur la cuisse de Léocadie, qui le flatte doucement.

— Depuis que je me suis mise à vivre avec cet homme-là, plus rien ne m'a manqué, tout était tellement simple, comme allant de soi…

— C'est vrai, tout peut être tellement simple, murmure Mona.

Entre Laurent et elle, l'accord est muet, implicite. En même temps, elle ressent une sorte de peur, que Léocadie doit percevoir.

— Il faut savoir qu'on se perd quand on est uni à un autre de cette façon-là. Je n'ai plus jamais été tout à moi. Est-ce un bien ? Un mal ? Tout ce que je sais, c'est que je n'aurais pas voulu qu'il en soit autrement, pas une fois je n'ai souhaité que notre amour n'ait eu lieu. Toi, tu as encore du temps pour réfléchir, besoin aussi. Les femmes d'aujourd'hui sont différentes, elles ont d'autres possibilités, une plus grande liberté d'action et l'envie de la conserver.

— Peut-être, dit Mona.

Effectivement, rien n'est encore fait entre elle et Laurent. Elle peut dire non, refuser d'aller plus loin, s'enfuir, repartir pour Paris. C'est juste un moment enivrant qu'elle vit là, celui du vertige.

La jument s'est mise à frapper le sol du pied, elle est reposée, elle a envie de repartir. Mona se lève, elle aussi veut retourner au haras. Où se trouve Laurent.

Elle lui est tant reconnaissante de l'avoir en quelque sorte « enlevée » pour la ramener vers ce qui lui est essentiel : le souvenir de son père, cette vieille maison qu'elle va pouvoir garder, ce pays qu'elle sent être le sien. Ce sera une existence plus forte, plus dure, aussi, que sa vie parisienne, mais tellement plus libre !

Ôtant de son cou l'écharpe Burberry qu'elle avait mise pour se tenir chaud dans l'air frais du matin, Mona en entoure l'encolure du cheval. L'un de ses pans flotte au vent de leur course, comme ces étendards que brandissaient en l'honneur de leur souverain les jeunes chevaliers d'autrefois. Ce pavillon-là est à l'intention de Laurent.

Pour qu'il comprenne que c'est fait, que maintenant elle est décidée, même s'il ne lui a encore rien demandé.

Elle va lui dire « oui ».

XXVII

Laurent se trouvait dans les boxes où, à chacun de ses passages, avait-il dit à Mona, il détectait quelque chose à faire faire à son palefrenier ou à rectifier par lui-même. Les chevaux sont des malicieux qui tapent, rongent, parviennent à ouvrir des portes ou des barrières. Sans compter les petits bobos qu'ils s'infligent de bien des façons, ne fût-ce que mutuellement, en se mordillant l'encolure ou la croupe. « Un enfant se plaint, un chat ou un chien avertit par son comportement qu'il est blessé ou dérangé. Un cheval, rarement : il faut les inspecter des oreilles à la queue en se demandant pourquoi l'un boite, parfois imperceptiblement, ou pour quelle raison celui-ci, qui n'en a pas l'habitude, s'est couché dans le pré ou dans son box. »

Mona avait aperçu la haute silhouette de Verdier en s'approchant des écuries et elle avait eu le sentiment que s'il était là, c'était moins pour les chevaux que pour attendre son retour. C'est avec un sourire quelque peu soulagé qu'il est venu vers la cavalière pour saisir la jument par la bride afin qu'elle-même puisse sauter à terre sans souci de sa monture.

— Tout s'est bien passé ?

— Amina a été parfaite. Vous vous inquiétiez ?

— Pas vraiment, je sais que vous êtes sérieuses, toutes

les deux, mais vous êtes restées absentes plus longtemps que prévu...

— C'est vrai, nous nous sommes arrêtées à l'orée d'un bois, je ne puis vous dire lequel, si ce n'est qu'il offre une vue magnifique sur la plaine : on aperçoit au loin le clocher de Saint-Eutrope...

— Je vois à peu près l'endroit où vous deviez être, et qu'y avez-vous fait ?

— Amina a brouté de l'herbe, et moi mes rêves !

— Ils avaient bon goût ?

— Oui, Laurent, ils étaient exquis.

Ce qui est dit avec une conviction telle que l'homme en reste coi un instant. Puis il reprend :

— Rentrons, vous devez avoir besoin de vous rafraîchir. Du thé vous conviendrait-il ? Joseph va s'occuper de desseller Amina.

Tandis qu'ils cheminent vers la ferme, il ajoute :

— Que je vous dise : pendant que vous montiez, je suis passé voir Léocadie. Imaginez-vous qu'elle a changé de discours : maintenant elle se prétend prête à venir habiter Saintes. Mais elle ne sait pas où... Elle compte sur moi pour lui trouver un logement !

Mona s'arrête d'avancer :

— Mais c'est tout trouvé : la tante Léo n'a qu'à venir chez moi, je m'occuperai d'elle avec joie !

Laurent lui prend le bras :

— Je craindrais que ce ne soit elle qui s'occupe de vous, et de quelle façon : plus que directive ! Nous allons réfléchir à mieux, vous m'y aiderez ; en attendant, je me demande ce qui lui a brusquement fait changer d'avis !

Ils sont dans l'entrée de la maison et Mona s'assoit sur le banc de bois, bas et si pratique pour mettre et ôter ses bottes. Laurent s'accroupit pour l'aider à extirper un pied, puis l'autre, des étroits étuis de cuir. Puis il ne se relève pas. Ses mains caressent à travers ses vêtements les pieds de la femme, ses mollets, ses cuisses, remontent jusqu'à sa taille, l'encerclent. Maintenant il a le visage à la hauteur du sien, il attire Mona contre lui et pose doucement sa bouche sur sa bouche.

Mona pousse un petit gémissement, puis ouvre les lèvres malgré elle, comme on se donne, et le baiser se fait profond, animal. D'un coup le désir est sur eux, violent. Un désir qui planait depuis longtemps, mais, pour bien des raisons, aucun d'eux n'avait fait le geste, fût-il minime, qui demande, qui permet ou qui offre. Celui-là que Laurent vient d'effectuer sans qu'il soit possible de s'y méprendre : il la veut, là, tout de suite, le temps de l'entraîner dans la chambre où le vaste lit recouvert d'une couette à fleurs semble les attendre.

Aucun mot n'est prononcé, n'a besoin de l'être. Tous deux quittent rapidement leurs vêtements, puis se glissent sous la couette où, nus l'un contre l'autre, ils reprennent le baiser de tout à l'heure pour le prolonger plus largement par des caresses précises, intimes, totales.

« C'est drôle, a le temps de penser Mona, mes mains font des gestes que je n'ai pas besoin de leur commander, on dirait qu'elles agissent toutes seules, sans moi, qu'elles savent par elles-mêmes ce qu'elles doivent faire, comme si elles connaissaient tout de ce corps d'homme qui m'est nouveau, de ce qu'il attend, de ce qu'il réclame – elles savent aussi mieux que moi ce que je désire. Ce sont mes mains, ma bouche, mon sexe qui me guident vers le plaisir – vers lui, vers mon amour… »

Puis Mona ne pense plus du tout.

XXVIII

L'homme et la femme sont dans les bras l'un de l'autre, apaisés, immobiles, jambes emmêlées.

— Tu sais, commence Laurent d'une voix que l'amour rend plus chaude, cela faisait très longtemps que j'avais envie de toi... Mais je me disais que ce ne serait jamais possible que, toi, tu veuilles aussi de moi...

— D'où tirais-tu une telle idée ?

— D'abord, tu avais un mari que tu aimais, puisque tu étais prête à vendre ta maison alors que ça te crevait le cœur... Et une fois la maison vendue, je me disais que tu ne reviendrais plus chez nous, en Charente... Enfin, tu avais tellement l'air d'une Parisienne...

— C'est quoi, une Parisienne ? Une bizarrerie ?

— Une très jolie femme.

— Il y en plein, ici, de jolies filles, et des bien plus jeunes...

— Mais les vraies Parisiennes, les femmes qui vivent dans les grandes villes, ont quelque chose de différent.

— Elles s'habillent plus couture ?

— Maintenant la mode est partout, non, c'est surtout dans l'allure : elles sont directes et on les sent pressées d'en finir, déjà quand elles parlent. Tiens, c'est ce que j'ai perçu en premier lorsque tu m'as ouvert la porte alors que j'avais ces fagots sur les bras...

— Qu'est-ce que j'ai fait de si « parisien » ?

— Tu m'as jaugé de la tête aux pieds, soupesé comme à la foire aux bestiaux, et j'ai senti que tu n'avais qu'une idée : te débarrasser de moi au plus vite !

— Mais n'importe qui, face à un inconnu, se comporte de même, non ?

— D'abord les provinciaux prennent plus de temps pour décider à qui ils ont affaire, de quoi il retourne... Ne fût-ce que parce que pour beaucoup d'entre eux, l'imprévu constitue une distraction... En même temps, tu avais un sourire... Ton sourire... C'est lui qui m'a donné envie de toi dans l'instant, j'aurais pu te prendre là, sur le seuil, sans même refermer la porte. Rien que d'y repenser, regarde : je suis prêt à repartir...

Mona se pelotonne contre lui :

— Moi aussi, j'ai eu envie de toi, et c'est pour cela, je crois, que je ne voulais pas que tu entres, encore moins que tu restes... Je t'ai perçu comme un danger. Et je n'avais pas tort !

— Dangereux, moi ? T'ai-je harcelée, persécutée ?

— Tu mettais l'entier de ma vie en jeu... À commencer par mon mariage !

— Mais c'est ton mari qui t'a trompée, après quoi tu as voulu le quitter, moi je me suis contenté de t'attendre.

— Dès que je t'ai vu, quelque chose en moi a dû comprendre que Max n'était pas vraiment l'homme qu'il me fallait.

— Parce qu'il ne t'a jamais livré des sarments pour faire ton feu ?

— Ce doit être ça !

Ils rient, puis à nouveau s'étreignent. Quand ils reviennent au calme, Mona chuchote :

— Et aussi, ce jour-là, je ne sais pourquoi, il m'est arrivé une drôle de chose...

— Laquelle ?

— Je me suis demandé comme dans un éclair… Mais tu vas me croire folle !

— Tu l'es, mon amour, heureusement !

— … à quoi pourrait bien ressembler un enfant de toi… C'est que… non, tu ne vas pas me croire…

— Je sais que tu ne me mens jamais.

— Eh bien, je l'ai vu… Ç'a été comme une hallucination : le matin des sarments, un petit enfant est entré en même temps que toi dans la maison… Tu me crois ?

— Oui, Mona. Je suis même convaincu que cet enfant existe quelque part et qu'il nous a choisis pour s'incarner… Il le veut, il attend son heure.

Mona saisit la main de l'homme posée sur son sein et la met sur son ventre.

— Alors j'espère que ce sera pour bientôt.

Tous deux savent aussi qu'ils n'y sont pour rien, ou tout comme.

— Laissons faire le temps, lui dit Laurent, et notre amour.

Du même auteur :

Un été sans histoire, roman, Mercure de France, 1973 ; Folio, 958.

Je m'amuse et je t'aime, roman, Gallimard, 1976.

Grands cris dans la nuit du couple, roman, Gallimard, 1976 ; Folio, 1359.

La Jalousie, essai, Fayard, 1977 ; rééd., 1994.

Une femme en exil, récit, Grasset, 1979.

Un homme infidèle, roman, Grasset, 1980 ; Le Livre de Poche, 5773.

Envoyez la petite musique..., essai, Grasset, 1984 ; Le Livre de Poche, « Biblio/essais », 4079.

Un flingue sous les roses, théâtre, Gallimard, 1985.

La Maison de jade, roman, Grasset, 1986 ; Le Livre de Poche, 6441.

Adieu l'amour, roman, Fayard, 1987 ; Le Livre de Poche, 6523.

Une saison de feuilles, roman, Fayard, 1988 ; Le Livre de Poche, 6663.

Douleur d'août, roman, Grasset, 1988 ; Le Livre de Poche, 6792.

Quelques pas sur la terre, théâtre, Gallimard, 1989.

La Chair de la robe, essai, Fayard, 1989 ; Le Livre de Poche, 6901.

Si aimée, si seule, roman, Fayard, 1990 ; Le Livre de Poche, 6999.

Le Retour du bonheur, essai, Fayard, 1990 ; Le Livre de Poche, 4353.

L'Ami chien, récit, Acropole, 1990 ; Le Livre de Poche, 14913.

On attend les enfants, roman, Fayard, 1991 ; Le Livre de Poche, 9746.

Mère et filles, roman, Fayard, 1992 ; Le Livre de Poche, 9760.

La Femme abandonnée, roman, Fayard, 1992 ; Le Livre de Poche, 13767.

Suzanne et la province, roman, Fayard, 1993 ; Le Livre de Poche, 13624.

Oser écrire, essai, Fayard, 1993.

L'Inondation, récit, Fixot, 1994 ; Le Livre de Poche, 14061.

Ce que m'a appris Françoise Dolto, Fayard, 1994 ; Le Livre de Poche, 14381.

L'Inventaire, roman, Fayard, 1994 ; Le Livre de Poche, 14008.

Une femme heureuse, roman, Fayard, 1995 ; Le Livre de Poche, 14021.

Une soudaine solitude, essai, Fayard, 1995 ; Le Livre de Poche, 14151.

Le Foulard bleu, roman, Fayard, 1996 ; Le Livre de Poche, 14260.

Paroles d'amoureuse, poésie, Fayard, 1996.

Reviens, Simone, suspense, Stock, 1996 ; Le Livre de Poche, 14464.

La Femme en moi, essai, Fayard, 1996 ; Le Livre de Poche, 14507.

Les Amoureux, roman, Fayard, 1997 ; Le Livre de Poche, 14588.

Les amis sont de passage, essai, Fayard, 1997 ; Le Livre de Poche, 14751.
Un bouquet de violettes, suspense, Stock, 1997 ; Le Livre de Poche, 14563.
La Maîtresse de mon mari, roman, Fayard, 1997 ; Le Livre de Poche, 14733.
Un été sans toi, récit, Fayard, 1997 ; Le Livre de Poche, 14670.
Ils l'ont tuée, récit, Stock, 1997 ; Le Livre de Poche, 14488.
Meurtre en thalasso, suspense, Stock, 1998 ; Le Livre de Poche, 14966.
Défense d'aimer, roman, Fayard, 1998 ; Le Livre de Poche, 14814.
Les Plus Belles Lettres d'amour, Albin Michel, 1998.
Théâtre I, En scène pour l'entracte, Fayard, 1998.
Théâtre II, Combien de femmes pour faire un homme ?, Fayard, 1998.
La Mieux Aimée, roman, Fayard, 1998 ; Le Livre de Poche, 14961.
Cet homme est marié, roman, Fayard, 1998 ; Le Livre de Poche, 14870.
Si je vous dis le mot passion…, entretiens, Fayard, 1999.
Trous de mémoire, essai, Fayard, 1999 ; Le Livre de Poche, 15176.
L'Indivision, roman, Fayard, 1999 ; Le Livre de Poche, 15039.
L'Embellisseur, roman, Fayard, 1999 ; Le Livre de Poche, 14984.
Divine passion, poésie, Fayard, 2000.
J'ai toujours raison, nouvelles, Fayard, 2000 ; Le Livre de Poche, 15306.
Jeu de femme, roman, Fayard, 2000 ; Le Livre de Poche, 15331.
Dans la tempête, roman, Fayard, 2000 ; Le Livre de Poche, 15231.

Nos jours heureux, roman, Fayard, 2000 ; Le Livre de Poche, 15368.

La Maison, récit, Fayard, 2001.

La Femme sans, roman, Fayard, 2001 ; Le Livre de Poche, 15486.

Les Chiffons du rêve, nouvelles, Fayard, 2001 ; Le Livre de Poche, 15553.

Deux femmes en vue, roman, Fayard, 2001 ; Le Livre de Poche, 15421.

L'amour n'a pas de saison, roman, Fayard, 2002 ; Le Livre de Poche, 30120.

Nos enfants si gâtés, roman, Fayard, 2002 ; Le Livre de Poche, 30221.

Callas l'extrême, biographie, Michel Lafon, 2002 ; Le Livre de Poche, 30155.

Conversations impudiques, essai, Pauvert, 2002 ; Le Livre de Poche, 30028.

Dans mon jardin, récit, Fayard, 2003 ; Le Livre de Poche, 30410.

La Ronde des âges, roman, Fayard, 2003 ; Le Livre de Poche, 30309.

Mes éphémères, Fayard, 2003.

L'Homme de ma vie, Fayard, 2004 ; Le Livre de Poche, 30504.

Noces avec la vie, Fayard, 2004 ; Le Livre de Poche, 30615.

Un oncle à héritage, roman, Fayard, 2005 ; Le Livre de Poche, 30709.

Les Roses de Bagatelle, roman, Fayard, 2005 ; Le Livre de Poche, 30776.

Le Certain Âge, roman, Fayard, 2005 ; Le Livre de Poche, 30858.

Le Charme des liaisons, roman, Fayard, 2006 ; Le Livre de Poche, 30938.

Journal d'hier et d'aujourd'hui, t. I, Fayard, 2006.

Affaires de cœur, roman, Fayard, 2006.

Un amour pour trois, roman, Fayard, 2006 ; Le Livre de Poche, 31126.
L'Exclusion, Fayard, 2006.
Il vint m'ouvrir la porte, roman, Fayard, 2007.
C'est tout un roman !, roman, Fayard, 2008.
Journal d'hier et d'aujourd'hui, t. II, Fayard, 2008.
Une balle près du cœur, roman, Fayard, 2008.
Méfiez-vous des jeunes filles, roman, Fayard, 2008.
Le Bonheur dans le mariage, roman, Fayard, 2009.
Journal d'hier et d'aujourd'hui, t. III, Fayard, 2009.

Composition par MCP - *Groupe JOUVE*

Achevé d'imprimer en avril 2009 en Espagne par
LITOGRAFIA ROSÉS S.A.
08850 Gava
Dépôt légal 1re publication : mai 2009
Librairie Générale Française
31, rue de Fleurus – 75278 Paris Cedex 06

31/2378/3